QUELQU'UN COMME TOI

EMBRASE MON COEUR
TOME 1

KAIT NOLAN

Traduction par
BÉATRICE SERRANO

TAKE THE LEAP PUBLISHING

Quelqu'un comme toi

2e édition

Écrit et publié par Kait Nolan

Couverture par Kait Nolan

Copyright 2019 Kait Nolan

Copyright original 2018 Kait Nolan

Traduit par Béatrice Serrano - LANGUAGE+ LITERARY TRANSLATIONS, LLC

NOTE DE L'AUTEURE : Le texte qui suit est une œuvre de fiction. Tous les personnages, lieux et événements sont le fruit de l'imagination de l'auteure. Toute ressemblance avec des personnes, des lieux ou des événements réels n'est que pure coïncidence.

1

—Où sont tes pages, Ivy ?

Ivy Blake grimaça en entendant la voix de son agente à l'autre bout du fil. Marianne avait sorti son ton sévère de mère de trois enfants. Ce n'était jamais bon signe.

—Elles arrivent.

À un certain moment, dans un futur hypothétique, cette affirmation serait vraie.

—Cela fait des semaines que tu dis ça. Et que tu m'évites. Tu ne fais ça que quand tu es en panne d'inspiration.

Tu n'imagines même pas.

—J'ai eu quelques petits soucis avec le livre - c'était l'euphémisme du siècle - mais je te jure que j'ai presque fini.

Mensonge éhonté. Ivy se demanda si le Radar de mère de Marianne s'était déclenché. La mère d'Ivy avait, elle-même, un Sourcil diabolique que l'on pouvait presque entendre au téléphone lorsqu'elle le haussait.

—Tu dois me donner quelque chose pour Wally. Je ne vais pas pouvoir le retenir beaucoup plus longtemps.

Walter Caine - qui se faisait inexplicablement appeler

Wally, ce qui rendait tout à fait impossible de le prendre au sérieux - était actuellement en tête des personnes à éviter à tout prix dans la liste d'Ivy. Son éditeur était un être brillant, mais lorsqu'il se mettait en colère, ça partait rapidement en vrille. Bien sûr, il avait des délais à respecter, Ivy le comprenait parfaitement. Le monde de l'édition impliquait des délais. Wally pèterait les plombs s'il savait qu'elle en était encore au Chapitre un. Treizième version.

C'était probablement un signe.

—La semaine prochaine.

Était-ce cela qui se passait quand on était endetté auprès d'un bookmaker ? On faisait des promesses absurdes dans l'espoir d'éviter de se faire casser les rotules ou de se retrouver coulé dans le béton ? La seule différence était que dans ce cas, c'était la carrière d'Ivy, et non sa vie, qui était en péril.

— Ivy - Marianne avait prononcé son nom de telle sorte qu'il semblait être composé de quatre syllabes, un peu comme quand sa mère s'adressait à elle en énumérant son nom et tous ses prénoms.

Les épaules d'Ivy se voûtèrent.

—Je te jure que je suis en train de finir le livre. D'ailleurs, je pars en voyage dans le but précis de me concentrer uniquement sur ça, jusqu'à ce qu'il soit terminé.

Mais d'où sortait-elle, cette phrase ? Elle n'avait rien prévu de tel. Apparemment, au lieu de proposer une histoire raisonnable, son cerveau avait décidé de proférer des mensonges totalement improvisés, sans vergogne aucune.

Son agente soupira.

—Bien. Comment puis-je te joindre ?

Ne jamais faire les choses à moitié...

—Oh, eh bien, tu ne peux pas. Il n'y a pas d'Internet là-bas, et on m'a prévenue que le réseau mobile était très limité. La cabane offre une intimité absolue et aucune distraction. C'est absolument parfait.

En réalité, un plan de ce genre semblait effectivement parfait. Si elle était totalement isolée et déconnectée, Marianne et Wally ne sauraient pas où envoyer le tueur à gages lorsqu'elle ne respecterait pas son échéance. Celle-là même qu'elle avait déjà repoussée une fois.

Tu n'as jamais manqué une échéance finale, et ce n'est pas maintenant que tu vas commencer.

Marianne poussa un nouveau soupir d'impuissance.

— Trouve une connexion Internet et contacte-moi lundi ou je viens te chercher, c'est clair ?

— Oui, madame - Ivy n'avait aucun doute sur le fait que Marianne parlait sérieusement. Malgré son trio d'enfants et l'écurie d'écrivains qu'elle dirigeait, elle n'hésiterait pas à monter dans un avion et à se présenter à la porte d'Ivy si elle pensait que cela lui permettrait d'arriver à ses fins.

— Je ferai ce que je peux pour retenir Wally. La critique élogieuse de *Hollow Point Ridge* sur Kirkus ce matin devrait le tenir tranquille pour un petit moment. Tu sais qu'il n'aime rien tant que te voir accumuler les succès.

— Parce que les succès sont synonymes de dollars pour nous tous, récita Ivy.

Comme si elle pouvait oublier qu'elle n'était pas la seule à dépendre des revenus de ses livres.

— Tout à fait. Je t'ai envoyé la critique. Vérifie tes mails avant de partir, ordonna Marianne.

Ivy avait déjà vu la critique le matin même. Quelqu'un l'avait partagée sur son groupe de fans, ce qui avait suscité un fil de discussion de vingt pages sur la suite qu'elle comptait donner à la série. Mais en parler ne ferait que prolonger la conversation.

—Ok.

—Amuse-toi bien en écrivant.

L'espace d'un instant, Ivy envisagea de tout avouer à Marianne, la vérité sans fard. En fin de compte, son agente était censée la défendre. Mais pour l'instant, elle n'était qu'une source de pression supplémentaire. Ivy retint donc un ricanement ironique et raccrocha, avant de balancer son téléphone sur le bureau.

Cela faisait bien longtemps qu'elle ne s'était pas amusée en écrivant. La vérité, c'est qu'elle était en panne d'inspiration et qu'elle avait déjà dépassé de plusieurs semaines son délai initial. Cela ne lui ressemblait pas du tout. Elle était une machine à pondre des romans. Ses trois premiers livres s'étaient écrits tout seuls. Les trois suivants avaient été plus longs, plus profonds, chacun plus difficile que le précédent. Et avec chacun d'entre eux, le succès était allé crescendo, ainsi que les attentes de son éditeur, qui souhaitait surfer sur la vague pour maximiser les ventes. C'était une décision commerciale de sa part. Ivy était une marchandise, elle le comprenait. Et jusqu'à présent, elle avait réussi à s'en accommoder.

Mais aux pressions professionnelles, s'était ajoutée la ferveur passionnée de ses fans. Ils adoraient le monde qu'elle avait créé, les personnages qu'elle leur avait offerts, et il ne se passait pas un jour sans qu'elle ne reçoive des mails et des messages sur les réseaux sociaux exigeant de savoir quand sortirait le prochain livre parce qu'ils en avaient besoin pour hier ! Ils n'avaient aucune idée des mois, voire des années de travail que nécessitait chaque roman. Ce qui absorbait toute sa vie à elle, occupait la leur pendant quelques heures ou quelques jours. Et leur enthousiasme insatiable n'était qu'un pavé de plus sur la pile de stress qui l'écrasait.

Ce livre n'était pas comme les six autres de sa série à succès, et elle n'avait pas encore trouvé la bonne accroche.

Elle y arriverait. Bien sûr qu'elle y arriverait. Il lui fallait juste plus de temps et moins de pression.

— Et pourquoi pas demander la paix dans le monde, pendant que tu y es ?

Se laissant tomber sur sa chaise à roulettes, Ivy s'éloigna du bureau et roula jusqu'à l'énorme tableau blanc qui occupait l'un des murs. À ce stade, toute la surface aurait dû être couverte de post-it codés par couleur, détaillant les arcs narratifs des différents personnages et la façon dont ils menaient l'action de l'intrigue générale, ou étaient menés par cette dernière. Mais il était vide, mis à part le mot « Michael » griffonné tout en haut au marqueur rouge. En dessous, une note jaune vif indiquait : « *Tu es un enfoiré têtu et taciturne, qui ne veut pas me parler* ». Dans un accès de colère et de ménage anti-stress, plus tôt dans la semaine, elle avait arraché la version numéro douze de son intrigue. À présent, elle n'arrivait plus à regarder l'espace vide.

Le syndrome de la page blanche existait bel et bien.

Après tout, ce n'était pas une mauvaise idée de partir. Trouver une de ces cabanes à louer, perdue au fond des bois, sans téléphone, sans Internet, sans possibilité d'être écrasée sous le poids des attentes d'autrui. Peut-être qu'alors elle pourrait s'entendre penser.

Glissant à nouveau vers son ordinateur, elle ouvrit le navigateur et cliqua compulsivement sur la petite enveloppe qui lui indiquait qu'elle avait soixante-dix-neuf messages non lus.

Elle avait vidé sa boîte de réception le matin même.

— Pourquoi est-ce que je m'inflige ça ?

Elle était sur le point d'éteindre lorsque l'objet d'un mail attira son attention.

Venez visiter le tout nouveau spa du Misfit Inn !

Elle avait complètement oublié l'existence du Misfit Inn. L'été dernier, elle y avait passé un week-end avec quelques amies pour fêter à l'improviste le divorce de Deanna. Les propriétaires avaient mentionné qu'ils envisageaient d'ajouter un spa. Ivy s'était inscrite sur leur liste de diffusion et cela lui était rapidement sorti de l'esprit. Elle ouvrit le mail et ressentit les premiers picotements d'excitation en lisant. Bon, d'accord, elle était peut-être au bout du rouleau. Mais vraiment ? Un spa ? Un spa situé dans les magnifiques monts Smoky, à seulement quatre petites heures de route ? Elle avait désespérément besoin de se détendre. Ce devait être un signe de l'Univers.

Quelqu'un répondit à la deuxième sonnerie.

— Merci d'avoir appelé le Misfit Inn. Ici Pru. Que puis-je faire pour vous ?

Ivy se souvenait de Pru, la femme au grand cœur qui avait fait tout son possible pour qu'elle et ses amies se sentent chez elles à l'auberge.

—Ici Ivy Blake. Je ne sais pas si vous vous souvenez de moi, mais j'ai séjourné chez vous l'été dernier avec une bande de copines pour un week-end « Vive le divorce ! »

— Le groupe de Deanna ! Oui, bien sûr qu'on se souvient de vous toutes.

— Eh bien, j'ai reçu le mail sur l'ouverture du spa qui disait d'appeler pour se renseigner sur les réservations spéciales auberge + spa, alors me voilà.

— Merveilleux ! - la chaleur authentique dans la voix de Pru détendit un peu Ivy - Combien de personnes ?

—Juste moi.

—Besoin de se faire dorloter ?

—Vous n'avez pas idée.

—D'accord. Quand pensiez-vous venir ?

Le plus tôt sera le mieux.

—Euh... aujourd'hui ?

—Aujourd'hui ! Bonté divine. Vous êtes toutes des adeptes de la spontanéité, n'est-ce pas ?

Bien sûr, appelons ça comme ça.

— Je sais que c'est de dernière minute, mais j'espérais pouvoir réserver pour deux semaines.

—Nous pouvons certainement arranger ça. Mais il faut que vous sachiez, avant de prendre la route, que la météo prévoit des conditions hivernales très rigoureuses. Neige et verglas à gogo. Le trajet risque d'être assez difficile et il y a de fortes chances que vous vous retrouviez bloquée par la neige.

Bloquée par la neige dans une auberge avec spa pendant deux semaines, loin de toute personne pouvant la connaître ?

— Cela me semble absolument parfait. On se voit dans quelques heures.

LE CHAGRIN SENTAIT L'OIGNON, le fromage et la soupe à la crème de je-ne-sais-quoi. Plusieurs tables situées le long d'un mur de la salle commune de l'église craquaient sous le poids des plats mijotés, tellement typiques de la mort. Leur odeur flotta jusqu'à Harrison Wilkes lorsqu'il entra, lui retournant l'estomac en même temps qu'elle le fit gargouiller. En balayant la salle du regard, il constata que la veuve n'était pas encore arrivée du cimetière, mais il aperçut l'homme qu'il était venu soutenir graviter autour de la table des desserts. Prenant soin de ne pas croiser le regard des autres personnes en deuil, Harrison se fraya un chemin dans la foule.

Si tant est que ce fût possible, Ty avait l'air plus mal en point que lorsqu'il était en service. Mais il était venu, contre l'avis des médecins, et avait aidé à porter le cercueil. La sueur perlait sur son front. Son épaule devait lui faire un mal de chien à cause des efforts excessifs qu'il avait dû fournir.

— Pose ton cul avant de tomber, Brooks.

Ty leva des yeux injectés de sang vers Harrison.

— Je ne suis pas sous tes ordres.

— Je suis toujours ton ami - il s'approcha d'un pas et baissa la voix - tu as fait ton devoir envers Garrett. Ne va pas gâcher tout le travail que tu as fait au SPT en tirant trop sur la corde.

Le visage pâle de Ty se buta, mais avant qu'il ne puisse réagir, une autre voix familière l'interrompit.

— Chaud devant ! Je dois poser un plat sur la table.

Sebastian Donnelly passa en force, un plat à gratin à la main. Son contenu dégageait une odeur à la fois familière et nauséabonde.

— Dites-moi que ce n'est pas ce que je pense, dit Harrison.

Sebastian posa le plat sur la table et en retira le papier d'aluminium.

— Mon fameux gratin de bœuf sauce barbecue.

— Je dirais plutôt infâme - dit Ty - il n'y a que toi pour essayer de faire un gratin avec des rations militaires.

— J'ai essayé de l'en dissuader - Porter Ingram avait rejoint le groupe - nous savons tous à quel point Garrett détestait ce truc infect.

Sebastian se redressa, tout à coup sérieux.

— Oui, mais il aurait détesté encore plus cette foutue veillée.

Ils retombèrent tous dans le silence, conscients du privilège douteux qu'ils avaient d'être là, à pouvoir critiquer et râler à propos de la veillée. Un privilège que Garrett, lui, n'avait pas.

Toute cette histoire craignait. Pour commencer, les enterrements craignaient, quelle que fût la personne concernée, surtout lorsqu'il s'agissait d'un ami. Quelqu'un aux côtés de qui vous aviez combattu, qui vous avait sauvé la mise, qui aurait dû rentrer à la maison. Et c'était encore pire quand ces évènements remuaient de vieux souvenirs que l'on essayait encore d'oublier. Il y avait trop de fantômes du passé pour que quiconque soit à l'aise.

— Allez, on se décide. Soit on se sert, soit on va s'asseoir - la voix de Porter interrompit le fil des pensées de Harrison.

— Je n'ai pas faim, insista Ty.

— Alors, laissons le champ libre à ceux qui ont faim.

Porter réussit à le pousser doucement vers une table.

— Toujours pacificateur, murmure Harrison.

— Oui, il est doué pour ça.

Sebastian prit une assiette en papier et commença à la

remplir avec l'assortiment de plats présents sur la table, sautant l'offrande qu'il avait lui-même apportée.

Ne sachant trop quoi faire d'autre, Harrison l'imita.

— Comment tu t'en sors avec tout ça ? - demanda Sebastian.

Suivant son instinct, il botta en touche.

— Mieux que Ty.

Ils regardèrent tous deux l'autre côté de la pièce, où Ty s'était finalement assis, les épaules voûtées, la tête penchée en avant comme s'il n'arrivait plus à la soutenir. Porter s'était installé sur une chaise à côté de lui et lui parlait à voix basse, une main posée sur son bras.

Sebastian se servit une portion de *hash brown,* une sorte de gratin de pommes de terre.

— Tu crois qu'il va s'en remettre ?

— On ne se remet jamais d'un truc pareil. Pas vraiment.

Harrison rentra les épaules dans la veste de son costume, croisant les doigts pour que le tout ne ressemble pas à une camisole de force.

Jetant un coup d'œil à Ty, notant sa mâchoire crispée, les lignes de tension qui partaient en oblique de ses yeux, Harrison sut exactement le genre de pensées qui passaient par la tête de son copain. Il était passé par là. C'était la raison pour laquelle il avait quitté l'armée. Il n'avait pas l'impression que trois ans s'étaient écoulés. Pas quand tant de visages familiers remplissaient la pièce. Des hommes aux côtés de qui il s'était battu, avec qui il avait versé son sang. Beaucoup d'entre eux continuaient à combattre. À sa manière, lui aussi. Mais il n'aurait pas pu être à leur place. Plus maintenant.

Harrison traîna Sebastian à travers la salle, adressant un signe de tête aux personnes qui le saluaient, mais ne s'arrêta pas avant d'avoir atteint la table de Ty. Ce dernier se tut, se redressant sur sa chaise, tenant à la main un gobelet en polysty-rène dont il souhaitait sans doute qu'il contienne un breuvage plus fort que du thé sucré, lorsqu'ils réalisèrent tous que Bethany Reeves venait d'arriver.

Ty ne lui avait pas parlé à l'enterrement. Il n'avait même pas réussi à s'approcher d'elle. Il se reprochait la mort de Garrett. À tort. Mais aucun d'entre eux ne pouvait l'en dissuader à ce stade. Ils se placèrent donc tous les trois autour de lui, faisant barrage entre leur ami et le reste des convives, partageant de la nourriture, parlant football et autres banalités stupides de civils parce qu'il avait besoin de distraction et que c'était tout ce que le contexte pouvait leur offrir. Mais chacun d'entre eux suivait des yeux la progression de Bethany dans la pièce et ils se raidirent lorsqu'elle se dirigea vers Ty.

Il ne se défila pas. Ty n'était pas un lâche, sa mère ne l'avait pas élevé comme ça. Mais Harrison savait qu'il aurait bien aimé prendre ses jambes à son cou.

Le visage de Bethany était ravagé par le chagrin lorsqu'elle tendit la main à Ty.

—Ty.

—Madame.

L'expression de Bethany changea.

—Ne me parle pas comme ça, Tyson Brooks. Tu étais ce qui ressemblait le plus à un frère pour Garrett, et cela fait de toi un membre de la famille.

La pomme d'Adam de Ty se serra.

—Je l'aimais comme un frère.

— Je sais - elle esquissa un sourire mais son visage se remplit de larmes - il s'en est sorti grâce à toi. Cela fait de toi un héros.

Ty se leva si brusquement que sa chaise tomba, dans un vacarme de métal s'entrechoquant contre le carrelage industriel, tandis qu'il retirait vivement sa main de celle de Bethany. Dans le silence soudain qui se fit, ses mots résonnèrent trop fort.

—Je ne suis pas un héros.

Il tourna les talons, sans un mot de plus. Sebastian et Porter lui emboîtèrent le pas, sans doute pour s'assurer qu'il ne fasse pas une bêtise, tout en lançant des regards désolés à Bethany. Il ne restait plus à Harrison qu'à trouver quoi dire à la pauvre femme pour arranger les choses. Et merde.

Il ignorait ce que Bethany savait de la mort de son mari. Certains détails étaient confidentiels, comme le sont souvent les missions des Rangers. Lui-même ignorait certains éléments, mais il pouvait facilement les deviner grâce à son expérience. Et il savait que ces informations n'apporteraient aucun réconfort à la veuve de Garrett. À vrai dire, il n'avait aucune idée de comment réconforter ceux qui restaient. Debout à côté d'elle, regardant son visage bouleversé, il sentait toute son ancienne impuissance remonter et manquer de l'étouffer.

Harrison ne savait pas vraiment ce qu'il avait dit à Bethany. Il avait la tête trop pleine des visites qu'il avait dû faire aux proches de ses propres hommes. Mais il prononça quelques mots, prenant un moment pour lui serrer la main, parce que même lui s'apercevait qu'elle avait besoin d'un contact humain. L'étreinte des doigts froids et moites de Bethany raviva des souvenirs, jusqu'à ce que sa tête résonne de larmes et de reproches. Ressentant le besoin impérieux de se tirer, il s'excusa et se dirigea vers la sortie aussi vite qu'il le put.

Une fois sorti de la salle de réunion, il appuya ses mains contre le coffre d'une voiture et aspira de grandes bouffées d'air, l'air glacial et purificateur de l'hiver. Il faisait si froid que c'en était douloureux, plus froid que d'habitude dans le nord de la Géorgie à cette époque de l'année. Mais la douleur lui faisait du bien. La douleur le ramenait à l'instant présent.

— Hé.

Harrison se redressa et se tourna vers Porter.

— Où est Ty ?

— Sebastian l'a ramené à la maison. Il va rester dans le coin un moment, garder un œil sur lui.

— Bien.

Ty ne devait pas rester seul pour le moment. Il avait une route longue et sombre devant lui.

Porter pencha la tête, observant Harrison avec un regard qui en disait long.

— Tu n'as pas l'air en forme.

Parce que c'était Porter, parce qu'il ne serait pas dupe de son baratin, Harrison admit la vérité.

— Il faut que je me tire d'ici.

— J'ai une cabane que personne n'utilise. Elle est un peu à l'écart de la ville, loin de tout et de tous. Elle est à toi si tu la veux. Calme et tranquillité, et une chance de te remettre les idées en place. Et Eden's Ridge en est plus près que si tu faisais tout le chemin jusqu'à chez toi.

L'idée d'être au milieu de nulle part dans les montagnes du Tennessee, loin des gens et des pressions, où il pourrait penser, était plus que séduisante. Il avait des décisions à prendre. Il serait plus facile de les prendre sans tous les souvenirs du passé.

— Montre-moi le chemin.

2

Ils vont demander à Michael de revenir - dicta Ivy dans l'application de son téléphone - il est furieux parce que s'il a quitté l'équipe, c'était pour une bonne raison. Mais ils vont le lui demander, et il essaie de filtrer l'appel.

Se sentant des affinités inattendues avec son héros récalcitrant, Ivy marqua une pause, pleinement consciente de la part d'elle-même qu'elle mettait dans l'histoire. Après tout, elle aussi était partie pour un voyage en voiture de quatre heures dans les montagnes, tout droit vers une véritable tempête de neige, pour éviter les appels de ses supérieurs.

— Alors, jusqu'à quelles extrémités est-il disposé à aller pour éviter ces gens ? Partir dans un endroit reculé. Faire de l'escalade dans le Haut désert de l'Oregon. Il est tout à fait du genre à être emballé par cette extravagance. Peut-être même grimper sans équipement de sécurité parce qu'il est habité par ce désir de mort, ce sentiment de culpabilité. Il arrive au sommet sain et sauf, après un passage poignant où il frôle la mort, et juste au moment où il profite du calme, un hélicoptère arrive et... il se rend compte que c'est la scène d'ouverture d'un des films de la série *Mission impossible*. Merde !

Dégoûtée, Ivy plongea la main dans le sac de friandises qu'elle avait achetées à la station-service de la dernière ville par laquelle elle était passée.

— OK, alors pas de désert. Peut-être qu'il part pour une expédition de pêche dans les bois. En Alaska. Il y a moins de monde en Alaska, c'est plus difficile d'accès. Donc, il est en route pour... où qu'il aille, et il s'arrête pour faire le plein dans un petit boui-boui avec deux pompes à essence et des bois d'élan au-dessus de la porte. Il prend des chips et des *Twinkies*. Parce que... eh bien, pourquoi pas ?

Elle-même en déballa un, qu'elle prit dans le stock qui se trouvait sur le siège.

— En retournant au camion, il se fait coincer par Annika. Parce qu'il était sous surveillance. Bien sûr ! Et bien sûr, c'est elle qui le file. Aussi loin qu'il coure, aussi loin qu'il aille, il ne pourra jamais se débarrasser d'elle. Il pensait à elle constamment. Sloan le savait, ce salaud. Alors bien sûr, il l'avait envoyée pour le convaincre de reprendre du service.

Ivy engloutit l'un des *Twinkies* en réfléchissant aux arguments d'Annika.

— Alors, comment fait-elle pour le convaincre ? Que peut-elle bien lui dire pour le faire changer d'avis ? C'est un *Twinkie*, ou es-tu juste content de me voir ?

Ivy poussa un grognement et éteignit son dictaphone. La comédie n'était pas le ton de la série. Mais elle avait beau essayer, elle ne parvenait pas à rester dans un style sérieux. Et du coup, les *Twinkies* avaient perdu tout intérêt pour elle. Elle n'arrivait pas à poursuivre parce qu'en réalité... elle se fichait pas mal de savoir si Michael accepterait ou non de reprendre le travail. Il était fatigué. Il méritait une putain de pause. Qu'on le laisse tranquille avec son matériel de pêche et ses pâtisseries ultra-transformées.

Elle prit une énorme bouchée d'un deuxième gâteau.

Bien sûr, Michael Keenan avait le choix. Blake Iverson, alias Ivy Blake, était trop occupée à manger des *Twinkies* payés grâce à l'avance du livre qu'elle n'avait pas encore écrit. Et elle mettait beaucoup trop d'elle-même dans son intrigue. Elle mettait aussi probablement trop de son personnage en elle.

Elle jeta l'autre moitié du *Twinkie* dans le sachet posé sur le siège et mit les deux mains sur le volant. Punaise, la neige commençait vraiment à tomber à gros flocons.

Ayant été élevée dans le Sud profond, elle n'était pas habituée à la neige. Ces gros flocons lui donnaient l'impression d'être à l'intérieur de la boule à neige de mamie Opal. Enfant, Ivy avait l'habitude de la secouer et de la regarder pendant des heures, priant pour qu'il neige. Suffisamment pour qu'en sortant de l'école, on puisse faire un bonhomme de neige. Comme elle avait passé la plus grande partie de sa vie à proximité de la côte du Golfe, ses prières n'avaient jamais été exaucées. Mais là, cela se produisait réellement, et c'était magnifique. Elle aurait apprécié davantage encore si elle était déjà arrivée à l'auberge, à l'abri près d'une belle flambée dans la cheminée, une tasse de chocolat chaud à la main. Avec de la guimauve, car qu'est-ce qu'un chocolat chaud sans guimauve ? Mais elle était à des kilomètres de la dernière ville, et avait presque sûrement loupé sa sortie tandis qu'elle tentait de s'y retrouver dans son intrigue.

Pourquoi n'avait-elle pas emporté son GPS ? Ah oui, c'est vrai. Parce qu'elle avait juste pris le temps de remplir une valise de vêtements hétéroclites et sa brosse à dents avant de s'enfuir, sans autre plan que de se tirer de Dodge avant que Marianne ne prenne l'avion de Manhattan pour vérifier personnellement ce qu'il en était d'elle et du Livre qui n'existait pas. Elle pourrait peut-être consulter la carte sur son téléphone et chercher le signe de civilisation le plus proche. Elle programmerait sa destination et laisserait son téléphone jouer le rôle de navigateur, comme le ferait toute personne saine d'esprit.

— Siri, quelle est la ville la plus proche ?

Mais la petite tache irisée sur l'écran ne se transformait jamais en réponse. Pas assez de réseau. Ce qui signifiait qu'il n'y avait probablement pas assez de réseau pour Google Maps non plus.

Détournant quelques instants le regard de la route, elle mit sa musique. Le silence commençait à lui peser. Donnant des coups de doigts sur l'écran au petit bonheur la chance, elle réussit à lancer sa compil années 80. Élevant la voix, Ivy s'unit à Pat Benatar, se lamentant que l'amour était un champ de bataille - *Love is a battlefiiield* - tandis qu'elle ralentissait pour négocier un virage. Après avoir écouté un peu de REO Speed-wagon puis de Journey - existait-il un meilleur groupe pour un road trip ? - elle avait pris de l'altitude et la neige tombait si fort qu'elle pouvait l'entendre heurter le pare-brise. Cela signifiait-il qu'elle contenait de la glace ?

Plus elle angoissait, plus elle chantait fort, jusqu'à ce que son cri de guerre clamant qu'elle ne cesserait jamais d'y croire – *don't stop beliiiiiiieving* – fasse quasiment trembler les vitres. C'était la meilleure partie de la chanson, et elle retira une main du volant pour lever le poing, juste une seconde.

Une forme sombre s'avança lourdement sur la route.

La note aiguë d'Ivy se transforma en hurlement tandis qu'elle écrasait la pédale du frein. Le Blazer fit une embardée, l'arrière glissant vers l'avant. Ivy lutta contre le volant, s'efforçant de braquer dans le sens du dérapage. Elle n'eut qu'une fraction de seconde pour regarder l'ours dans les yeux avant que le SUV ne percute la glissière de sécurité, comme si elle était faite de cure-dents, puis passe par-dessus bord.

— T U DEVRAIS PRENDRE la route, mec. Cette tempête ne fera qu'empirer.

Suivant le regard de Porter, Harrison regarda par la fenêtre de la Taverne d'Elvira et ne put qu'acquiescer. Les flocons, de plus en plus épais, commençaient à recouvrir les trottoirs du centre-ville d'Eden's Ridge. Avalant la dernière goutte de son verre, il s'écarta de la table et tendit la main.

— J'apprécie vraiment ce que tu fais.

Porter saisit sa main et attira Harrison dans ses bras pour une accolade puissante.

— C'est quand tu veux. Et si tu veux rester plus longtemps, tu n'as qu'à le dire. Les locations touristiques se font vraiment rares en cette période de l'année, et je suis bien content que ça ne reste pas vide.

— Merci. Je te tiendrai au courant.

Au rythme où il avançait, il pourrait bien se terrer jusqu'au printemps. Étant donné le peu d'attrait qu'avait le monde réel pour lui.

— Il y a quelques trucs là-bas. Du café, des épices de base, quelques autres denrées non périssables que je garde en réserve pour les locataires. Mais pas assez pour que tu puisses tenir les prochains jours si la météo respecte les prévisions.

— Je passerai au *Garden of Eden* avant de quitter la ville.

— Si tu as besoin de quoi que ce soit, il te suffit d'appeler. Et ça vaut aussi pour une oreille amicale.

Porter lui lança un regard entendu.

Depuis qu'il avait quitté l'armée, quelques années auparavant, on lui avait déjà fait plusieurs propositions du même genre. Mais en parler n'était pas sa méthode préférée pour digérer toutes les horreurs qu'il avait rapportées à son retour dans la vie civile. Ni à l'époque, ni aujourd'hui.

— Message reçu. Je t'appellerai à l'occasion. On pourrait peut-être se prendre une autre bière et une pizza avant que je ne rentre chez moi.

Porter inclina la tête en signe d'acquiescement.

— Bonne idée. Profite bien du calme.

— Ça m'a fait plaisir de te voir, mon pote.

Et maintenant, si Dieu le voulait, il ne verrait plus aucun être humain pendant les six prochains jours.

Après avoir fait le plein de provisions, Harrison s'arrêta, fidèle à une vieille habitude, pour faire le plein de la Jeep avant de quitter la ville. Même dans ce court laps de temps, la chute de neige semblait avoir plus que redoublé d'ardeur. Le front froid qui était passé par là en début de semaine avait préparé le terrain pour que la neige s'accumule. À ce qu'il semblait, ils allaient être dans de beaux draps.

Le trajet qui, par beau temps, prenait une vingtaine de minutes, dura près d'une heure. Harrison escalada pratiquement la montagne dans sa Jeep. Lorsqu'il avait accepté l'offre de Porter d'utiliser sa cabane pour la semaine, il n'avait pas imaginé qu'il aurait besoin de mettre des chaînes à neige. C'était le Tennessee, pour l'amour du ciel ! Cela faisait des années qu'il n'avait pas conduit dans de la vraie neige. Du moins, quand il était aux États-Unis et pas au volant d'un Hummer. La dernière chose dont il avait besoin était de se mettre à patiner sur les routes glissantes aussi loin de la ville.

À la radio, la chanson s'interrompit et le DJ local entra en scène.

— On commence à l'appeler Stormageddon, les amis. La situation dégénère dehors. La neige est de plus en plus épaisse, elle tombe de plus en plus fort et les températures chutent rapidement. Les routes deviennent dangereuses. Le bureau du Shérif du comté de Stone demande à tous de rejoindre leur destination et de rester sur place jusqu'à la fin de la tempête. Les gamins seront ravis : les écoles sont officiellement fermées.

Les ventilateurs soufflaient de l'air chaud, mais cela ne suffisait pas pour contrer le froid à l'intérieur de la Jeep, maintenant que le soleil était couché. S'il avait su qu'il ferait ce genre de temps, il aurait mis le toit rigide. Mais bon sang, il faisait quinze degrés à la maison la semaine dernière. Le froid n'atteignait pas vraiment Harrison. Il n'y avait pas grand-chose qui l'atteignît. Pourtant, il allumerait un feu en arrivant à la cabane et préparerait une sorte de ragoût pour le dîner. Du genre qui vous tenait au corps et vous réchauffait de l'intérieur. C'est avec cette idée revigorante en tête qu'il franchit le virage et entama la dernière montée. Plus qu'un kilomètre ou deux à parcourir.

Ses phares balayèrent la glissière de sécurité. Ou plutôt ce qui en restait, à savoir une torsade de métal mutilée. Était-ce arrivé récemment ou non ? Il ralentit. Une strate de neige recouvrait déjà le sol, mais il pouvait deviner qu'il avait été remué en dessous. Son corps, subitement en tension, se crispa tandis qu'il allumait les clignotants. Pendant quelques longues secondes, il resta assis sur le siège du conducteur, les mains resserrées sur le volant, le regard fixé sur cette brèche dans la glissière.

Le souvenir lui revint d'une autre route de montagne enneigée. Des coups de feu et du sang. Il avait pris la mauvaise décision et trois de ses hommes en avaient payé le prix.

Harrison secoua la tête pour s'éclaircir l'esprit. Ce n'était pas l'Afghanistan. Ce n'était pas une embuscade. Quelqu'un était passé par-dessus bord.

Une main sur le Glock 19 qu'il portait à la hanche, il descendit de la Jeep et avança péniblement jusqu'au bord de la route, dans la neige qui s'amoncelait. À une douzaine ou une quinzaine de mètres en contrebas, se trouvait un vieux modèle de SUV Chevrolet, penché vers l'avant, les feux arrière allumés. Aucune fumée ne sortait du pot d'échappement. Le conducteur était-il blessé ? Il vérifia son téléphone. Aucune barre de réseau pour appeler le 911. Il semblait bien parti pour une mission de sauvetage. Cette fois-ci au moins, si la situation partait en vrille, personne ne serait touché à part lui.

De retour à la Jeep, il ouvrit le hayon et déplaça les provisions jusqu'à atteindre la bobine de corde d'escalade. Il lui en faudrait plus pour remonter quelqu'un d'autre. Après avoir examiné les différentes possibilités qui s'offraient à lui, il enfila quelques mousquetons verrouillables et de la paracorde dans ses poches et ferma la Jeep. Rapidement, il fit passer la corde, en son milieu, autour d'un arbre et lança les deux extrémités de chaque côté avant de passer la longueur entre ses jambes, autour de sa hanche et par-dessus son épaule pour un rappel d'urgence. Se plaçant au bord, il lâcha lentement la corde et s'achemina vers le bas. La pente n'était pas aussi raide que ce qu'il avait l'habitude de gravir, mais il était bien content d'avoir la corde. Le sol était sacrément glissant et la neige s'épaississait de minute en minute. La descente prit plus de temps qu'il ne l'aurait souhaité. En s'approchant du Blazer, il entendit une faible musique. Quelqu'un chantait ? Tendant l'oreille dans l'étrange silence étouffant de la neige, Harrison écouta.

Était-ce... Whitney Houston ?

— Je veux sentir la chaleur de quelqu'un - *I wanna feel the heeeeeeat with somebody* - avant de mourir de froid, s'il vous plaît, mon Dieu.

Non, ce n'était pas Whitney. La conductrice était apparemment consciente et avait du coffre. Délirait-elle ? Avait-elle un traumatisme crânien ?

S'étant approché du véhicule, il pouvait voir qu'elle avait été sauvée par les arbres. Le SUV était resté coincé entre deux troncs qui, seuls, l'avaient empêché de s'écraser sur un rocher, cinq mètres plus bas. Mais s'ils avaient ralenti son élan, ils avaient aussi bloqué les quatre portières.

Harrison se fraya un chemin autour des arbres jusqu'à l'avant du véhicule. Il put à peine apercevoir une femme sur le siège du conducteur, qui continuait à chanter. À ce qu'il voyait, il n'y avait pas de sang, mais comment savoir ce qui se passait sous le tableau de bord ou derrière le pare-brise transformé en toile d'araignée. Il tendit le bras et frappa sur le capot, et le chant se transforma en hurlement.

3

Oh, mon Dieu, l'ours attaque la voiture !

Ivy se serra la poitrine, certaine qu'elle faisait une crise cardiaque et qu'on retrouverait son corps gelé, dans cette voiture, au printemps.

L'ours se mit à parler. Une minute, ce n'était pas un ours. Un gigantesque type barbu se tenait dans le faisceau des phares.

D'une certaine manière, ce n'était pas mieux. Était-ce un montagnard fou ? Un de ces survivalistes ? Un cinglé en quête d'une femme, qui la kidnapperait et la retiendrait en otage, et on n'entendrait plus jamais parler d'elle ?

— Ça va ? - sa voix était étouffée par la neige et le véhicule.

À l'entendre, il n'avait pas l'air fou. En plissant les yeux à travers la neige qui tombait, Ivy pensa qu'il n'avait pas non plus l'apparence d'un fou. Mais à quoi ressemblait un fou, de toute façon ? Ce n'était pas toujours quelqu'un qui avait l'écume à la bouche. Prenez sa tante Lucile. Elle était folle à lier, et méchante par-dessus le marché, et personne ne l'aurait deviné en la regardant.

— Madame, vous m'entendez ? Vous allez bien ?

Ressaisis-toi, Ivy. Qui que fût ce type, il offrait son aide. Ce qui était une perspective bien meilleure que de mourir de froid sur cette montagne.

— Je vais bien. Je ne peux pas sortir.

— Vos jambes sont coincées ?

Il était suffisamment costaud pour avoir l'air de pouvoir démonter le véhicule à mains nues.

— Non, les portières sont juste bloquées.

Elle n'avait pas osé bouger de peur qu'en glissant, elle ne fasse dégringoler le Blazer et dévaler le reste de la pente.

— Vous êtes seule ?

Ivy hésita. Était-il en train de s'assurer qu'il n'y avait qu'elle à neutraliser ? *Oh, ressaisis-toi ! C'est une question tout à fait rationnelle dans une situation de sauvetage.*

— Oui, il n'y a que moi.

— Restez assise.

Comme si elle pouvait faire autre chose !

Il retourna dans les arbres. Où allait-il ? Chercher de l'aide ? Peut-être qu'ils étaient près d'une ville et qu'ils pourraient appeler une dépanneuse. Une dépanneuse arriverait-elle à sortir en plein blizzard ? Une dépanneuse parviendrait-elle à la sortir de là ?

Elle sursauta à nouveau lorsqu'il frappa à la vitre arrière.

— Déverrouillez les portes.

La main d'Ivy se posa sur la serrure automatique. Ce pourrait être un meurtrier psychopathe à la hache.

Un meurtrier psychopathe à la hache, qui passait dans le coin par hasard, une heure après que tu as eu un accident et qui a risqué sa vie pour descendre, dans l'éventualité improbable où il trouverait quelqu'un à tuer ? Tu es complètement parano, ma chère. Voici encore une preuve que tu as bien fait de décider de ne pas écrire un roman d'amour.

Elle déverrouilla la voiture.

Son sauveteur lutta une minute avec le coffre avant de faire sauter le pare-brise arrière.

— L'arrière est bloqué, mais la vitre s'ouvrira. Il faut que vous vous faufiliez par-là.

Ivy était toujours sur le siège du conducteur.

— Est-ce que ce n'est pas risqué de bouger ? Et si la voiture bascule et glisse encore plus loin ?

— Elle est bien coincée. Je ne pense pas qu'elle aille où que ce soit. De toute façon, rester ici n'est pas sûr pour vous - le grondement sourd de sa voix était pragmatique et étrangement apaisant. C'était clairement un homme habitué à donner des ordres - avancez lentement et calmement.

Cherchant un peu de répit, elle détacha sa ceinture de sécurité et tomba immédiatement sur le volant et l'airbag dégonflé.

—Ouille !

—Vous allez bien ?

— J'ai probablement des bleus à cause de la ceinture de sécurité. Ça aurait pu être bien pire.

Avec un soin extrême, Ivy se dégagea du siège du conducteur et passa par-dessus la console centrale pour récupérer son sac à main qui avait atterri par terre. Le SUV gémit un peu mais ne bougea pas. Son téléphone avait valdingué de l'autre côté du tableau de bord, hors de sa portée, alors qu'elle était coincée sur le siège conducteur. Elle le chercha à tâtons, étirant ses doigts sur le vinyle jusqu'à ce qu'ils se referment sur l'étui.

Son cri de victoire tourna court lorsqu'elle s'aperçut que l'écran était assorti aux fissures du pare-brise. Il resta éteint lorsqu'elle appuya sur le bouton principal. Génial. Elle était vraiment à la merci de cet inconnu. Jetant le téléphone endommagé dans son sac à main, elle fit passer ce dernier par l'espace entre les sièges avant et se hissant par-dessus la console, elle passa à l'arrière.

Ses sacs avaient dégringolé vers l'avant lors de l'accident. Oh, mon Dieu, son ordinateur portable ! Non pas qu'il contînt quoi que ce soit d'utile sur son livre actuel, mais elle avait des années d'idées accumulées sur le disque dur. Résistant à la tentation d'ouvrir sa sacoche pour vérifier, elle passa la sangle par-dessus sa tête et la mit en bandoulière. Elle regarda la valise, qui reposait à la base du siège conducteur.

J'ai eu de la chance qu'elle ne me soit pas tombée sur la tête.

— Si je pousse ma valise vers le haut, vous pourrez l'attraper ?

Le bûcheron grincheux - c'est à cela qu'il ressemblait avec sa chemise en flanelle, sa veste de camionneur en peau de mouton et sa barbe épaisse et sombre - émit un grognement qu'elle prit pour un assentiment. Il lui fallut quelques efforts pour faire passer la valise devant elle et la pousser vers le haut, par-dessus la banquette arrière, afin qu'il puisse passer la main dans l'espace de chargement et l'attraper. Mais malgré quelques grincements et gémissements, le Blazer ne bougea pas, au grand soulagement d'Ivy.

Sortir elle-même de la voiture demanda un peu plus d'efforts. Elle eut la sensation d'être un poisson, basculant par-dessus le siège en un saut dépourvu de toute grâce. Le mouvement secoua la collection d'ecchymoses qui commençaient à se manifester, maintenant que l'adrénaline diminuait. Ses mains tremblaient lorsqu'elle les fit passer par-dessus le coffre, en s'appuyant sur le dossier de la deuxième rangée de sièges. Cela fut juste suffisant pour sortir la tête et les épaules du SUV.

—Vous êtes blessée ? Rien de cassé ? demanda le bûcheron.

—Je ne pense pas.

—Tant mieux.

En moins de temps qu'il n'en faut pour le dire, il glissa ses mains massives sous ses bras, l'arracha à la Chevrolet et la déposa à terre.

Les pieds d'Ivy s'écartèrent immédiatement comme ceux d'un bébé cerf. Instinctivement, elle saisit la veste de l'inconnu et s'y accrocha. Il resserra ses bras autour d'elle, l'attirant de fait vers lui, tandis qu'ils retrouvaient l'équilibre. Elle était transie, mais aurait juré sentir la chaleur qui émanait de lui à travers toutes les couches de leurs vêtements. Il était tellement *grand* et *costaud*. Son cœur se mit à galoper, cette fois-ci pour une raison autre que la peur, et elle resta accrochée plus longtemps qu'elle ne l'aurait dû.

Trop gênée pour croiser son regard, elle se tourna vers le Blazer. Le sang se retira de sa tête, la laissant étourdie tandis qu'elle prenait conscience de la position périlleuse qui avait été la sienne.

— Oh, Putain. C'est grave.

— Tout va bien. Vous êtes en sécurité. Je vous tiens.

Malgré sa voix brusque, son emprise était étonnamment douce.

Ivy se risqua à lever les yeux vers son visage. Elle ne voyait pas grand-chose, dans l'obscurité presque totale, au-delà de sa barbe de montagnard. Sa bouche faisait la moue et ses sourcils foncés se rejoignaient au-dessus de deux yeux sombres qui semblaient la transpercer de part en part. Elle devint pivoine.

— Merci - troublée, elle enfonça ses pieds sur le sol et recula, bien qu'il ne lâchât pas prise avant qu'elle eût retrouvé sa stabilité – vous avez vu l'ours ?

Il se crispa.

— Quel ours ?

— Il y avait un ours sur la route. J'ai fait une embardée pour l'éviter.

— Il est probablement parti depuis belle lurette.

Ivy poussa un soupir.

— Quel soulagement ! Peut-être qu'il y aura assez de réseau en haut pour appeler... une dépanneuse - elle s'interrompit en réalisant que le sommet était vraiment très haut. La lueur des phares éclairait le bord de la route, loin, très loin au-dessus de leurs têtes. Ce n'était pas tout à fait à la verticale, mais ça y ressemblait pas mal.

— Comment diable êtes-vous arrivé jusqu'ici ?

— En rappel.

Elle le scruta, cherchant un harnais.

— Sans équipement ?

— J'ai une corde d'escalade.

De toute évidence, il connaissait son affaire s'il était arrivé jusqu'ici, mais tout de même.

— Vous auriez pu vous briser le cou.

Ses lèvres s'incurvent légèrement, comme s'il trouvait l'idée amusante.

— Ça n'a pas été le cas.

Quelque chose dans cette arrogance fit naître un rire hystérique dans la gorge d'Ivy. Et si tout cela n'était qu'une hallucination ? Et si elle avait eu une commotion cérébrale pendant l'accident et que son esprit avait fait apparaître Michael Keenan en personne pour la sauver ? Il ressemblait à ce à quoi elle imaginait que Michael ressemblait depuis qu'il avait disparu des radars. Et si, en ce moment-même, elle était toujours coincée sur le siège avant, se vidant de son sang à cause d'une blessure à la tête ?

Il parlait à nouveau.

— Il n'y a aucune chance qu'une dépanneuse puisse sortir maintenant. Il n'y aurait pas assez de traction dans les conditions actuelles pour remorquer votre véhicule. Et cela, en supposant qu'on puisse même la mettre dehors. La neige ne fait qu'empirer et la ville est à plus de trente bornes. Nous devons sortir d'ici et nous mettre à l'abri. Ma cabane n'est pas loin.

Elle fut parcourue d'une pointe d'inquiétude. Il n'avait pas tort, elle mourrait de froid si elle restait ici. Si elle n'était pas le jouet d'une hallucination, cela signifiait qu'elle serait coincée avec ce type, au beau milieu de nulle part, pendant qui sait combien de temps. Elle ne connaissait pas cet homme, son téléphone était mort, et elle n'avait pas d'autre choix que de lui faire confiance. Il avait risqué sa vie pour quelqu'un qu'il ne connaissait ni d'Eve ni d'Adam, sans même savoir s'il y avait quelqu'un dans la voiture. Un élément de plus à mettre dans la colonne contre : ce n'était pas un meurtrier à la hache.

Et puis, on était dans le Tennessee. La neige ne pouvait pas durer bien longtemps.

En esquissant ce qu'elle espérait être un sourire confiant, Ivy regarda la corde qu'il avait, de toute évidence, utilisée pour descendre.

— D'accord, alors. Je vous suis.

HARRISON N'AVAIT JAMAIS VU un sourire aussi forcé . Depuis qu'il l'avait sortie du SUV, il n'avait cessé d'envisager des scénarios d'ascension possibles. À ce qu'il pouvait voir, elle tremblait mais n'était pas grièvement blessée. Son manteau de laine rouge et son jean étaient des vêtements de ville, mais au moins elle ne portait pas de ridicules chaussures à talons hauts ou des bottes de luxe. Les Wallabees, avec leur semelle en caoutchouc, lui procureraient une bonne adhérence. Le plus sûr serait de la faire monter en premier.

— Vous avez déjà fait de l'escalade ?

Elle haussa les sourcils.

— Est-ce que le mur d'escalade du gymnase à la fac compte ?

Ça ne pouvait pas faire si longtemps qu'elle avait fini ses études.

— C'est mieux que rien - il sortit la paracorde et commença à la dérouler - je vais vous fabriquer un harnais d'urgence et vous assurer en haut de la pente.

— Vous allez confier mon poids à *ce truc* ?

— Il supporte mon poids, donc vous porter sera de la gnognotte. Ce ne sera pas confortable, mais ça fera l'affaire.

Rapide et efficace, il avait fait les nœuds avant même d'avoir fini de parler et s'avançait vers elle avec la boucle.

La femme recula d'un demi-pas.

— On va grimper là-haut *dans le noir* ?

— Écoutez, ma petite dame, je n'ai aucune envie de me geler les fesses ici. La sortie est là-haut.

Il ne faisait pas encore complètement nuit, mais ce serait bientôt le cas, et la situation était beaucoup trop risquée.

Elle hésita, mais décida de toute évidence qu'il était une meilleure alternative à l'hypothermie. Elle hocha lentement la tête. Ses mains, probablement écorchées par le déploiement de l'airbag, étaient crispées sur la sangle de son sac lorsqu'il s'avança à nouveau vers elle.

Terrifier la victime de l'accident. Beau travail, Wilkes.

Aspirant une bouffée d'air, il s'efforça de s'éloigner du précipice des souvenirs qui l'assaillaient. Il n'était pas en Afghanistan. Ce n'était pas un piège. C'était juste une femme qui se trouvait au mauvais endroit au mauvais moment, et elle avait peur. Cette peur bien réelle contribua à dissoudre un peu la sienne. Il pourrait faire un effort et être un peu moins grincheux.

— Alors, vous avez vu un ours ?

Peut-être qu'en la faisant parler, il la distrairait de ce qu'il était en train de faire.

— Oui. J'ai pris un virage et il était juste là, au milieu de la route. J'ai fait une embardée et je suis passée à travers la glissière de sécurité. Je ne sais pas ce qu'il fichait là. Je croyais qu'ils étaient censés hiberner en hiver.

Elle claquait des dents, probablement autant à cause du choc que sous l'effet du froid. Il fallait qu'il lui trouve un refuge et la mette et à l'abri des intempéries.

Harrison brandit à nouveau la boucle.

— Je dois m'approcher de votre espace personnel pour faire ça, d'accord ? - lorsqu'elle acquiesça à nouveau, il lui passa la corde derrière la taille - je ne pense pas que ce soit nécessaire-ment le cas des ours qui vivent aussi loin dans le sud. Il faisait une dizaine de degrés, il y a à peine deux semaines. Quoi qu'il en soit, vous avez eu de la chance que les arbres soient épais.

—Oui.

Elle avait un accent du Sud, mais pas l'accent nasillard du Tennessee de l'Est. Il n'arrivait pas vraiment à le situer.

—Je suppose que vous n'êtes pas d'ici.

Passant la main entre ses jambes, il tira la corde jusqu'à ce qu'elle rejoigne les boucles qu'il tenait dans son autre main.

—Il n'y a pas beaucoup de neige, là d'où je viens.

Harrison perdit le fil de la conversation car il prit soudain conscience que le corps devant lui était celui d'une femme. Elle était toute menue et délicate, et elle sentait le chèvrefeuille, incroyable ! Cette odeur prit le pas sur tous les souvenirs sombres qui l'habitaient, l'enveloppant d'une vague de chaleur inattendue.

Quand avait-il été aussi proche d'une femme pour la dernière fois ?

S'efforçant de revenir à la tâche qu'il était en train d'accomplir, il tenta de se rappeler ce qu'il avait dit.

—D'habitude, il n'y a pas autant de neige ici non plus. Pas à ce point.

— Je ne m'attendais pas à trouver du blizzard dans le Tennessee.

—Les météorologues l'ont surnommé Stormageddon.

—Super.

Le manque absolu d'enthousiasme le fit presque sourire.

Il verrouilla le mousqueton et ajusta le harnais de fortune. Il faisait trop sombre pour qu'il puisse bien la voir, mais il avait l'impression qu'elle rougissait tandis qu'il tirait et disposait la corde autour son splendide fessier. Il ne fallait pas qu'il reluque ses fesses.

Avec un toussotement, il se redressa.

— Bon, voilà comment on va procéder.

Le temps qu'il lui explique et qu'elle répète la procédure d'une façon qui le satisfasse, la nuit était vraiment tombée. Ça ne lui plaisait pas, mais il n'y avait pas vraiment d'alternative.

— Prête ?

— Autant que je puisse l'être - elle était transie de froid et probablement encore morte de peur, mais elle ne rechigna pas – c'est parti.

L'estime de Harrison à son égard augmenta de quelques crans. Il s'arc-bouta sur ses pieds.

— C'est parti pour l'assurage. Prenez votre temps et faites attention à où vous mettez les pieds. Si vous glissez, je vous rattraperai.

Ça, c'était dans ses cordes.

Elle commença son ascension. La pente n'était pas trop prononcée. En plein jour, lors d'une journée normale, la plupart des novices en bonne forme physique pourraient probablement la gravir sans corde. Mais dans l'obscurité, dans la neige, avec une victime d'accident en hypothermie, en état de choc et ayant subi des blessures indéterminées... Le harnais tiendrait, il y croyait. Mais une glissade et une chute l'assommeraient encore plus que l'accident, et dans les circonstances actuelles, il ne pourrait pas la hisser au sommet rapidement ou facilement par lui-même. Chaque fois qu'elle avançait de quelques centimètres, il ajustait son emprise sur les cordes, prêt à parer à la secousse soudaine que provoquerait le poids de la jeune femme.

Mais cette secousse ne se produisit pas.

Elle était prudente, testait chaque placement de pied avant d'y prendre appui et d'y faire peser tout son poids. Il y avait quelques jeunes arbres qui poussaient le long de la pente raide, et elle en fit un excellent usage pour se hisser sur la pente, marmonnant tout le long du chemin. Le vent et la neige étouffaient ses paroles, mais ce qu'il entendait ressemblait à « Prends sur toi, Bouton d'Or. Annika dirait que c'est une promenade de santé. Elle ferait ça sans cordes, comme Tom Cruise. »

Au fur et à mesure qu'elle montait, il perdit le fil de son monologue. Les trois derniers mètres étaient la partie la plus raide de l'ascension. S'il y avait eu des arbustes avant, son SUV les avait éliminés. Elle s'arrêta là où elle était, pencha la tête en arrière, puis l'appuya contre son avant-bras.

—Ça va ?

—Très bien. Je fais un pacte avec moi-même pour aller plus souvent à la salle de sport à l'avenir.

Elle se tourna pour le regarder, tout en parlant, et il vit le moment où elle se rendit compte de son erreur.

La corde tressauta tandis qu'elle se plaqua précipitamment contre la paroi rocheuse.

—Tout va bien ?

Après un moment d'hésitation, elle répondit.

—C'est vraiment très haut.

—Vous avez la tête qui tourne ?

—Un peu.

Cela pouvait être le vertige, ou elle s'était peut-être cogné la tête dans l'accident. Quoi qu'il en soit, il fallait accélérer. Si elle perdait connaissance, ils seraient dans la merde. Vu le temps qu'il faisait, ils ne pourraient pas revenir en ville ce soir. Il devrait se charger de tous les premiers secours dont elle aurait besoin. Sous le poids de cette responsabilité, ses muscles déjà tendus se contractèrent. Il ne voulait pas que quelqu'un compte sur lui pour quoi que ce soit, et surtout pas cette femme.

—Arrêtez-vous pour respirer une minute.

Harrison n'était pas tout à fait sûr de savoir à qui des deux il s'adressait.

Il était en train d'échafauder des scénarios alternatifs dans sa tête lorsqu'elle recommença à grimper, plus rapidement cette fois, comme si elle avait besoin d'arriver au sommet avant de complètement perdre les pédales. La vitesse était généralement synonyme d'imprudence. Dans le monde de Harrison, cela signifiait que les gens finissaient blessés ou morts. Il n'avait pas besoin d'un autre cadavre sur la conscience.

Ne glisse pas. Ne glisse pas. Ne glisse pas.

Il garda le silence, de peur de la distraire. Lorsqu'elle franchit à plat ventre le bord supérieur de la route et disparut de son champ de vision, il faillit se mettre à applaudir. Devant le soulagement qu'elle s'en soit sortie, qu'il n'y ait pas d'autres blessures, ses genoux manquèrent de se dérober.

— Bon travail. Maintenant, décrochez la corde et lancez-la en bas. Nous allons hisser vos sacs.

La corde frémit quand Ivy se détacha.

— Hé, vous avez un treuil à l'avant de votre Jeep.

— Je ne veux pas prendre le temps de vous expliquer comment l'utiliser par ce temps. Lancez simplement la corde.

Une minute s'écoula. Puis deux. Pas de corde.

— Un problème ?

Pas de réponse. Merde. S'était-elle évanouie ?

Il s'apprêtait à se hisser au sommet - au diable ses bagages - lorsqu'il entendit le faible ronronnement d'un moteur électrique. Cette foutue bonne femme n'écoutait pas. Elle allait probablement casser un truc ou griller le moteur...

La tête de la jeune femme apparut sur le côté, ses cheveux bruns flottant dans le vent.

— Ce sera plus rapide avec le treuil.

Le câble du treuil manqua de peu son visage lorsqu'elle le jeta vers lui.

Eh bien, que je sois damné.

Peut-être n'était-elle pas une demoiselle en détresse comme il l'avait d'abord pensé. Elle était dégourdie et, malgré ses blessures, parfaitement capable de se relever et de se retourner pour l'aider. D'une certaine manière, ça aussi c'était un soulagement. Elle aurait peut-être été en mesure de se sauver elle-même, une fois qu'elle en aurait trouvé le courage. Ce qui signifiait qu'elle n'avait pas vraiment besoin de lui. Elle avait juste besoin d'un coup de main.

C'était un signe de l'univers qui lui rappelait que ce n'était plus son travail de sauver tout le monde.

Dieu merci.

4

Lorsqu'ils atteignirent sa cabane près d'une heure plus tard, Ivy avait tellement froid qu'elle avait dépassé le stade de la souffrance. Pour l'instant, c'était une bonne chose. L'engourdissement masquait probablement la douleur causée par l'accident. La dextérité de ses mains pendant l'ascension avait disparu, pour laisser la place à des doigts transformés en blocs de glace peu coopératifs. Elle dut s'y reprendre à trois fois pour ouvrir la portière passager, et le temps qu'elle y parvienne, son sauveteur était déjà sous le porche en train de déverrouiller la porte. Elle sortit de la Jeep et faillit s'effondrer lorsqu'une vague de vertige l'envahit.

Choquée. Elle était en état de choc.

Ce n'était pas vraiment une surprise, mais c'était regrettable. Étant donné qu'elle avait été secourue, de façon hautement improbable, par un homme doté d'un certain savoir-faire, elle aurait préféré rester lucide. Pas uniquement parce qu'il s'agissait d'un étranger, mais parce qu'apparemment, Dieu lui avait envoyé un spécimen parfait pour une recherche observationnelle sur un héros taciturne et peu coopératif. Ce type avait peut-être l'air d'un bûcheron, mais elle était prête à parier sa prochaine avance que c'était un ancien militaire et qu'il savait se servir de ce Glock qu'elle avait remarqué sur sa hanche. Elle n'avait pas encore décidé si elle devait s'en inquiéter ou non. Il lui fallait déjà beaucoup d'énergie pour rester éveillée.

Il faudrait vraiment qu'elle essaye de prendre des notes sur cette expérience subjective. Cela ferait de bons détails pour enrichir ses romans...

S'extirpant de la brume qui l'envahissait, Ivy gravit péniblement les marches.

Michael - elle l'appellerait Michael jusqu'à ce qu'il lui dise son vrai nom - entra dans la cabane comme un homme en mission, avec des mouvements rapides. Elle s'attendait à moitié à le voir s'écrier « La voie est libre ! ». Il se dirigea droit vers le thermostat, vraisemblablement pour augmenter la température.

Il faisait plus chaud à l'intérieur de la cabane qu'à l'extérieur, mais il faisait encore très froid. C'était agréable d'être à l'abri du vent. Depuis la porte d'entrée, elle pouvait voir l'ensemble de l'habitation. Une salle de séjour principale aux plafonds voûtés donnait sur un coin cuisine. Un escalier raide et étroit menait à ce qui semblait être un espace de couchage en mezzanine. L'espace situé en dessous, entouré de murs, était probablement une salle de bains.

— Je vais allumer un feu. Vous pensez pouvoir faire du café ?

—Bien sûr.

Ravie d'avoir une tâche à accomplir, Ivy se dirigea vers la cuisine tandis qu'il retournait à l'extérieur. Elle devrait probablement enlever son manteau. Il était complètement trempé à cause de la neige, et la fine laine dont il était fait était plus à la mode que fonctionnelle, mais le retirer lui semblait par trop pénible. D'abord, il lui fallait un café. Fléchissant ses doigts engourdis, elle se mit à ouvrir les portes des placards, à la recherche d'un stock de café. Elle trouva un bocal de Maxwell House non entamé et s'en saisit.

Dans le placard, quelque chose se mit à couiner et à *bouger*.

Ivy poussa un cri, trébucha et atterrit brutalement sur les fesses.

Avant qu'elle ne puisse reprendre son souffle pour se remettre à crier, un grand bûcheron balèze et *armé* s'interposa entre elle et ce qui se cachait dans le placard. Mais d'où diable sortait-il ? Il avait l'air féroce, dangereux et un peu terrifiant avec ce couteau de combat ultra-aiguisé à la main. Et un je ne sais quoi dans son regard lui donna à penser qu'il n'était pas tout à fait là. Quoi qu'il crût voir, ce n'était pas la bestiole qui l'avait effrayée.

Respiration saccadée. Tempes perlées de sueur. Pendant un long moment, il se tint en équilibre sur la pointe des pieds, prêt à passer à l'action. Ivy n'osait ni bouger ni parler.

Une boîte quelconque tomba du placard et une patte poilue apparut sur le bord de l'étagère.

Michael cligna des yeux, secoua la tête comme pour s'éclaircir l'esprit, puis rengaina son couteau.

— On dirait qu'un raton laveur est parmi nous.

S'extirpant de son manteau, il s'approcha lentement du placard, en le brandissant devant lui.

Ivy s'écarta du comptoir sur la pointe des pieds, cherchant à s'éloigner le plus possible de cette bestiole au cas où elle s'échapperait. Les ratons laveurs n'étaient-ils pas porteurs de la rage ?

Son inquiétude s'avéra injustifiée. Michael captura l'intrus sans tambour ni trompette, puis transporta son manteau, devenu un paquet frétillant, à l'extérieur. La menace neutralisée, Ivy tenta de se relever, mais ses jambes refusaient de coopérer et le poids de son corps semblait avoir triplé. À la réflexion, le sol n'était pas si mal. Peut-être que si elle faisait une petite sieste...

On entendit un juron.

Brusquement, Ivy se retrouva prise dans deux bras puissants. Elle aurait aimé être plus éveillée pour en profiter, mais elle se sentait si fatiguée. Au moins, elle avait arrêté de grelotter. Il la déposa sur un canapé et, avec une douceur surprenante, lui enleva son manteau.

— Merci, Michael, soupira-t-elle.

Ses mains s'immobilisèrent.

— C'est Harrison.

Harrison. C'était tout à fait approprié. Son héros personnel portait le même nom que l'acteur qui jouait le héros de son film préféré. De quoi faire de beaux rêves.

— J'aurais dû demander avant. Comment vous appelez-vous ? poursuivit Harrison.

— Ivy.

— Eh bien, Ivy, il va falloir enlever ces vêtements mouillés. Vous perdez encore de la chaleur corporelle.

— Vous ne m'avez même pas encore invitée à dîner.

Même elle se rendait compte qu'elle bredouillait. C'était probablement mauvais signe.

Elle crut le voir à nouveau courber légèrement la bouche dans cette horrible barbe.

Avec la même efficacité dont il avait fait preuve pour tout le reste, Harrison lui retira son jean, puis son pull, ne lui laissant que sa culotte en coton toute simple, son soutien-gorge confortable et un débardeur. Elle regrettait confusément que ce ne soit pas du satin et de la dentelle. Au moins, ils n'étaient pas troués, et ce n'était pas une culotte de grand-mère. Il n'y avait rien de salace dans la manière dont il la touchait, ni même rien d'appréciatif dans son regard. C'était purement professionnel. Quand est-ce que cela avait commencé à ressembler à de la pitié ?

S'emparant d'une couverture posée sur le dossier du canapé, il l'en enveloppa comme un burrito.

— Restez tranquille. Je vais allumer le feu.

Garder les yeux ouverts lui demandait des efforts considérables, elle les laissa donc se refermer. Un instant plus tard, lui sembla-t-il, il tirait sur la couverture.

— Qu'est-ce que... ?

— Le feu a pris, mais il faudra un peu de temps pour que la chaleur se propage. Il n'y a pas de coussin thermique ici, mais je suis là, moi.

Il la souleva à nouveau et se retourna pour les installer tous les deux sur le canapé. Tout à coup, sa poitrine se retrouva tout contre le torse très nu et très chaud de Harrison. En quelques gestes habiles, il les avait blottis tous les deux dans la couverture et en avait ajouté une autre à la pile avant d'envelopper Ivy de ses bras puissants.

— Hum.

Elle n'osa en dire plus.

— Je sais que c'est un peu gênant, mais essayez de vous détendre. Vous allez bientôt vous réchauffer.

Ivy était presque sûre que si elle lui avait jeté un coup d'œil pendant qu'il se déshabillait pour cette mission, sa température aurait spontanément grimpé d'une bonne quinzaine de degrés, rien qu'en le regardant. Parce que le corps enlacé au sien était *baraqué*. Elle pouvait sentir les crêtes des muscles sculptés sous ses joues et ses mains. Elle aurait préféré qu'il s'agisse d'autre chose que d'un câlin médicalement nécessaire, car c'était le genre de corps qu'elle aurait aimé explorer par le toucher et le goût.

Mais qu'est-ce qui ne tourne pas rond chez toi ? Cet homme a risqué sa vie pour sauver la tienne, et il n'est là avec toi que parce que tu es plus qu'à moitié congelée. Il n'est pas en train de te faire des avances.

Mais, oh, alors qu'elle sentait la chaleur de cet homme s'infiltrer dans sa chair glacée, une partie d'elle-même désirait que ce fût le cas.

S'assoupissant à nouveau, elle songea : « tout compte fait, j'ai peut-être bien une blessure à la tête ».

La poitrine d'Ivy se soulevait et s'abaissait contre la sienne, à un rythme lent et régulier qui confirmait à Harrison que le danger était passé. La chaleur du souffle d'Ivy au creux de sa gorge était un point d'ancrage contre le barrage de sentiments qui l'assaillaient. Cela faisait tellement longtemps, qu'il ne se souvenait plus quand il avait été aussi proche d'une femme quasiment nue. Mais ce n'était pas l'excitation que lui procurait la sensation de toute cette peau pressée contre la sienne qui le perturbait. Ça, c'était juste une réaction physique due à la proximité. C'était un homme et il n'avait pas eu de rapports sexuels depuis longtemps.

Lorsqu'il l'avait déshabillée, cela avait été purement professionnel. Il avait pris les mesures nécessaires pour la réchauffer de la manière la plus sûre possible. Il n'était pas préparé à ce qu'il ressentirait en la prenant dans ses bras. Il n'était pas prêt à ce que cette relaxation progressive, alors qu'elle glissait vers le sommeil, déclenche en lui tous ses instincts de protection. Parce que ce sommeil était une sorte de confiance. Une confiance qu'il n'avait pas en lui et qu'il ne pensait pas mériter. Elle croyait suffisamment en sa capacité à la protéger pour se laisser aller à faire ce dont son corps avait besoin.

Cette confiance qu'elle avait en lui lui faisait un bien fou.

Il ne s'était pas autorisé à s'approcher de quelqu'un depuis qu'il avait quitté l'armée. Il n'avait même pas été capable de s'avouer qu'il en avait besoin. Mais l'intimité de la situation dans laquelle il s'était retrouvé avec Ivy l'avait forcé à reconnaître qu'il était en manque de contact humain, de liens. Évidemment, ce n'est pas avec cette femme qu'il trouverait cela, puisqu'elle disparaîtrait de sa vie aussi soudainement qu'elle y était entrée, dès que les conditions météo le permettraient. Mais la tenir dans ses bras, sentir son corps se réchauffer lentement au contact du sien, savoir qu'il lui offrirait toute la protection dont elle avait besoin... tout cela le plongeait dans un profond désir qui allait bien au-delà du sexe.

Et qui l'effrayait au plus haut point.

Ivy glissa contre lui, s'étirant dans un petit gémissement mi-sexy, mi-adorable, avant de se blottir plus près de lui, ses lèvres frôlant sa gorge. La pointe d'excitation qu'il ressentait s'aiguisa, lui donnant un problème bien plus immédiat à régler. Il se creusa les méninges, se récitant les statistiques de baseball et les listes de personnages des livres qu'il avait été forcé de lire au lycée, dans un effort pour faire disparaître son érection. Ivy bougea à nouveau, glissant une jambe entre les siennes, son genou s'approchant dangereusement de ses testicules, faisant glisser à l'arrière de son mollet le bloc de glace qu'était son pied. Cette tactique fonctionna, là où l'ennui auto-infligé n'avait pas marché.

Il sut à quel moment exact elle se réveilla vraiment. Elle s'immobilisa, son corps se raidissant contre le sien. Une pointe de regret le traversa tandis qu'elle déroulait lentement sa jambe et reculait autant que son emprise le lui permettait, autrement dit, très peu. Il n'arrivait pas à se résoudre à desserrer les bras.

— Bonjour.

La voix d'Ivy, enrouée de sommeil, fit à nouveau sursauter le sexe de Harrison.

Il demeura immobile, de peur d'attirer l'attention sur cette partie de sa morphologie.

— Bonjour.

Ivy leva son visage pour le regarder. Les yeux qui rencontrèrent les siens étaient d'un vert clair et argenté qui évoqua en lui des promenades dans les bois enneigés et des sapins de Noël qu'on coupait. Ses joues avaient pris une jolie teinte rosée qu'il soupçonnait être due à l'embarras plus qu'au froid.

Elle s'éclaircit la voix, le rose de ses joues virant au pourpre.

— Alors, vous êtes bien là.

— Oui.

— J'ai cru que j'avais eu un traumatisme crânien et que j'avais des hallucinations.

Il ne put s'empêcher de tendre la main pour repousser ses cheveux noirs et soyeux de sa tempe, soi-disant pour mieux voir la petite coupure qui s'y trouvait, mais en réalité parce qu'il voulait sentir les cheveux d'Ivy entre ses doigts.

— Vous avez un petit bleu ici, mais je ne pense pas qu'il s'agisse d'un traumatisme crânien.

La respiration d'Ivy s'interrompit et Harrison darda son regard sur son visage.

— Ça fait mal ?

— Non.

Sa voix était un peu essoufflée et ses pupilles s'écarquillèrent.

Elles le happèrent instantanément, l'attirant aussi efficacement qu'un rayon magnétique.

Mauvais plan.

Ressentant le besoin de les remettre tous deux sur le droit chemin, il retira sa main et la replaça dans le dos d'Ivy.

— Combien d'exemplaires de moi y a-t-il ?

— Oh, j'ai bien l'impression qu'il n'y en a qu'un seul, murmura-t-elle.

Il bloqua le rire qui grondait dans sa poitrine avant qu'il n'éclate.

— Vous n'avez probablement pas de commotion. Comment vous sentez-vous ?

— Fatiguée. Courbaturée. Ankylosée. J'ai un peu mal partout quand je bouge.

— Ne vous pressez pas pour moi, j'ai tout mon temps.

Merde. Ces mots avaient-ils réellement franchi sa bouche ? Il devrait se lever, lui donner des analgésiques, la laisser s'habiller, lui donner à manger. Mais avant qu'il puisse dire quoi que ce soit, elle reposa lentement sa tête au creux de son épaule.

Un ange passa.

Et maintenant ?

— Eh bien - soupira-t-elle - je ne m'attendais pas à finir ici lorsque je me suis enfuie cet après-midi.

Harrison se figea, ses bras se resserrèrent autour d'elle, son instinct protecteur se déchaîna. Un petit ami ou un mari avait-il levé la main sur elle ? À cette idée, il fit l'inventaire mental des armes qu'il avait à sa disposition. Non pas qu'il eût besoin d'autre chose que de ses poings.

—Quelqu'un vous a fait du mal ?

Il se rendait compte que sa voix frisait le grognement, mais impossible de s'en empêcher. Rien, absolument rien ne saurait excuser le fait de lever la main sur une femme.

Curieusement, sa colère sembla la détendre à nouveau.

—Non. Je fuis le travail.

Il s'attendait à tout sauf à ça, mais ne lâcha pas l'affaire pour autant.

—Quel genre de travail vous fait fuir ?

Elle renversa à nouveau la tête en arrière, ses lèvres se courbant en un sourire plein d'autodérision.

— Je suis écrivaine et j'ai loupé une échéance. Enfin, pas encore tout à fait, mais ça me pend au nez.

Une écrivaine. Quel métier improbable !

—Et s'enfuir, ça aide dans ces cas-là ?

—M'éloigner de la source du stress et changer de décor m'a semblé une idée fantastique quand je suis montée dans la voiture. Je me suis dit que ça me détendrait un peu et que voir du pays ferait bouger les choses. J'espérais que cela me donnerait un peu de temps pour finir le livre, de sorte qu'à mon retour à la civilisation, j'aurais quelque chose à remettre à mon agente et à mon éditeur, qui me harcèlent depuis des semaines.

Ce qui, selon toute probabilité, n'avait fait qu'aggraver le syndrome de la page blanche. Échapper à tout cela semblait une stratégie raisonnable.

— Combien vous reste-t-il à écrire ?

— Oh, tout.

Son ton était tout à fait désinvolte, comme si le fait de ne pas avoir commencé et d'avoir déjà dépassé la date limite n'avait aucune importance.

Harrison haussa un sourcil.

Ivy se contenta de hausser les épaules et posa sa joue contre son épaule.

— Je suis le pire cas de syndrome de la page blanche au monde.

Ses cheveux soyeux se répandirent sur son bras. La caresse qu'ils produisaient sur la peau de Harrison donnait à ses doigts une folle envie de les toucher à nouveau. De les passer entre les mèches pour pouvoir renverser la tête d'Ivy et découvrir si elle avait aussi bon goût qu'elle sentait bon, et ce qu'elle ressentirait s'ils s'approchaient encore plus.

On se calme, soldat. Harrison n'était pas tout à fait sûr que cet ordre mental s'adresse à sa bite vagabonde ou au reste de son corps. Bon sang, à quand remontait la dernière fois qu'il avait été aussi obnubilé par une femme ? Étant donné qu'aucune des parties de son corps ne semblait encline à suivre ses ordres (il continuait de penser à elle toute nue...), il commença à défaire leur cocon de couvertures. La cabane s'était considérablement réchauffée depuis leur arrivée, et Ivy n'était plus en danger. Il n'y avait aucune raison de maintenir leur proximité. Pour agréable qu'elle fût.

— Vous devriez vous hydrater et prendre des analgésiques. Si ça passe bien, nous verrons comment vous vous en tirez avec la nourriture. J'ai tout ce qu'il faut pour faire une soupe.

Harrison fit basculer ses jambes vers le sol, prenant soin de dissimuler son entrejambe à la vue d'Ivy.

—Je ne veux pas m'imposer.

Il ne put s'empêcher de rire en l'entendant.

— Je pense que nous avons dépassé ce genre de formalités. Et de toute façon, nous sommes coincés ici au moins jusqu'à demain matin. La neige n'a fait que tomber de plus belle pendant que vous dormiez.

Se levant, il enfila son jean, faisant discrètement disparaître l'indice trahissant ses pensées inappropriées.

Ivy ne reprit la parole que lorsqu'il eut remis sa chemise.

—Je suis désolée.

Surpris, il regarda par-dessus son épaule vers l'endroit où elle était assise sur le canapé. Grâce à Dieu, la partie inférieure de son corps était enfouie dans le nid de couvertures.

—Pourquoi ça ?

— Parce que personne ne vient dans un endroit pareil s'il veut de la compagnie. Je suis donc désolée de m'être immiscée dans votre solitude.

Remettant ses pieds dans ses bottes, il songea à sa réponse.

— Vous n'avez pas tort. Mais parfois, on parvient mieux à tenir à distance ce à quoi on tente d'échapper en venant dans un endroit comme celui-ci avec une distraction. Et c'est bien ce que vous êtes - levant la tête, il perçut l'éclair d'empathie pure dans les yeux de la jeune femme. Mal à l'aise, il se leva - de plus, ce n'est pas comme si vous aviez fait exprès de passer par-dessus la rambarde de sécurité.

—Non, mais vous si. Vous m'avez sauvé la vie. Et je vous en remercie. Je vous remercie pour tout ce que vous avez fait.

Ne voulant s'attribuer aucun mérite, il haussa les épaules.

— Vous auriez eu assez de cran pour vous libérer rapidement.

—Je ne suis pas sûre que j'aurais réussi à escalader le flanc de la montagne sans vous. Les remerciements sont donc de rigueur.

Grommelant un signe de reconnaissance, il se dirigea vers la porte.

— Je vais chercher tous nos bagages.

Sans oser jeter un autre regard dans sa direction, il s'avança dans la neige tourbillonnante dans l'espoir qu'elle lui fît plus d'effet qu'une douche froide.

5

Ivy n'arrivait pas à se départir du sentiment que Harrison la fuyait. Était-ce à cause de la manière dont elle l'avait remercié, ou de ce moment de complicité ? Peut-être les deux. Elle avait mis le doigt sur quelque chose, et il s'était livré davantage qu'il ne l'aurait voulu. Mais elle l'avait compris. Elle avait compris le genre d'homme qu'il était. Elle avait écrit sur des hommes comme lui. Elle les avait étudiés. Et elle savait qu'ils n'avaient pas un tel regard sans devoir porter des fantômes sur leurs épaules.

« Parfois, on parvient mieux à tenir à distance ce à quoi on tente d'échapper en venant dans un endroit comme celui-ci avec une distraction. Et c'est bien ce que vous êtes. »

Elle ne savait que penser de cette phrase. Parlait-il du sauvetage et du fait qu'elle se trouvait dans son espace ? Ou bien impliquait-il autre chose ? Voulait-elle qu'il implique autre chose ? Ses tétons encore durs penchaient certainement du côté de l'affirmative.

La porte d'entrée s'ouvrit et Harrison se précipita à l'intérieur, chargé de sacs. Une rafale d'air froid et un tourbillon de neige s'engouffrèrent derrière lui et Ivy se recroquevilla dans les couvertures encore chaudes du corps de Harrison. La sensation de son corps l'enveloppant lui manquait déjà et elle regrettait d'avoir perdu cette intimité temporaire. C'était si bon d'être enlacée, d'être touchée. Pas d'un point de vue sexuel - même s'il était difficile de ne pas y penser alors qu'il était si... séduisant - mais juste comme une proximité avec quelqu'un d'autre. Ce qui montrait à quel point elle s'était isolée au cours de l'année écoulée. Il fallait qu'elle se ressaisisse, car il était tout à fait déplacé qu'elle fasse du gringue à son hôte alors que l'attirance n'était manifestement pas réciproque.

Soudainement consciente qu'elle n'avait toujours pas de pantalon, Ivy décida elle aussi de s'octroyer un moment d'évasion. Elle avait besoin d'un peu d'espace pour se remettre les idées en place.

—Ça vous ennuie si je prends une douche ?

— Non. Allez-y. Je vais apporter le reste des affaires et commencer à préparer le dîner.

Il posa le sac d'Ivy juste à l'entrée de la salle de bains.

—Merci.

Se sentant un peu bête, elle enroula une couverture autour de sa taille. Il avait déjà tout vu, mais cela n'avait pas été intentionnel et il avait été distrait par son éventuelle hypothermie.

Dès qu'il sortit pour aller chercher le reste des bagages, elle se dirigea vers la salle de bains, tirant la couverture après elle. La pièce était rustique mais propre, avec des murs en lambris et un combiné baignoire-douche de l'autre côté des toilettes. Sous l'évier, se trouvaient des serviettes bleu marine, assorties au rideau de douche de la même couleur. Elle fut surprise de ne pas voir de camouflage partout, mais apparemment ce n'était pas comme les cabanes de chasse qu'elle avait fréquentées dans son enfance. Il y avait beaucoup de choses faites à la main. Par lui ? Ou par quelqu'un d'autre ?

Laissant la question sans réponse, elle abandonna la couverture par terre et fit couler l'eau chaude avant de se débarrasser du reste de ses vêtements. Elle se figea en apercevant son reflet dans le miroir. De méchantes ecchymoses partaient de son épaule gauche, traversaient son corps et redescendaient jusqu'à sa hanche droite. Voilà qui allait être moche pendant un bon moment mais cela aurait pu être bien pire. Maintenant que l'adrénaline était retombée, elle commençait à ressentir toutes les douleurs. Nul doute que cela s'accentuerait au cours des prochaines heures. Des analgésiques s'imposaient. Mais la douche d'abord.

Elle passa sous le jet d'eau. Sa peau se réveilla douloureusement lorsque les sensations revinrent. Ivy resta sur place et laissa l'eau envelopper son corps. Une fois la douleur initiale passée, elle ferma les yeux et s'appuya contre la paroi, triomphante dans le luxe de la chaleur. Et avec la chaleur, vint la clarté.

Elle était coincée, pour un certain temps, dans une cabane, sans aucun moyen de contact avec le monde extérieur, avec un type qui était encore un parfait inconnu. On aurait dit la mise en place d'une des victimes de ses livres ou peut-être d'un roman d'horreur. Et pourtant, elle n'avait pas peur de Harrison. Peut-être était-ce un peu dû à ses hormones trop longtemps négligées, au fait qu'elle s'était retrouvée presque nue avec lui, mais elle ne le croyait pas. Même pendant ce moment dans la cuisine, où il n'était manifestement pas tout à fait présent, sous l'emprise peut-être de certains des fantômes qu'il fuyait, elle n'avait pas eu peur de lui.

C'est vrai, il avait commencé par être bourru et taciturne, mais il s'était préoccupé de les mettre en sécurité, puis s'était s'occupé d'elle, ce qu'il n'avait nullement demandé, mais qu'il avait fait sans rechigner ni se plaindre. Il avait été respectueux et doux, faisant tout ce qui devait être fait, y compris la réchauffer de son corps. Cela avait été... franchement... incroyable et lui avait donné envie de bien plus qu'un simple câlin. Et, pendant un moment au moins, il en avait été de même pour lui.

Mais c'était un homme et ils étaient presque nus, l'un à côté de l'autre. Son excitation était probablement plus une question de proximité et de biologie qu'une réelle attirance. Pourtant, il était devenu plus doux envers elle. Il avait fait preuve d'une telle délicatesse lorsqu'il avait repoussé les cheveux de son visage. Elle aurait voulu réduire la distance qui les séparait, l'embrasser et sentir le frottement de sa barbe sur sa peau. Et puis il y avait ce côté protecteur. Son sang n'avait fait qu'un tour à l'idée que quelqu'un lui avait fait du mal. Cela en disait long sur le genre d'homme qu'il était. Le genre d'homme qu'elle trouvait attirant à bien des égards.

Se sentant à nouveau presque humaine, Ivy sortit de la douche et s'essuya.

Ce contraste entre le sauveur aux petits soins et le protecteur redoutable l'intriguait. Elle avait écrit sur beaucoup d'hommes redoutables, et sur tout un tas de femmes aussi. Mais elle n'avait jamais vraiment exploré le côté doux d'aucun d'entre eux. Il y avait peu de place pour la douceur dans leur métier. La mort et l'obscurité n'étaient pas le lieu idéal pour l'inspirer. Et pourtant, elle avait l'impression que Harrison avait vu sa part de mort et d'obscurité, tout en conservant cette capacité de douceur. Cela la fit penser à Michael et elle se demanda ce qu'il faudrait - ou qui il faudrait - pour l'adoucir.

Était-ce cela qui manquait ? Une situation qui montrerait une facette différente de sa personnalité ? Une fenêtre sur autre chose que la blessure qui l'avait poussé à quitter l'équipe ?

Réfléchissant à tout cela, elle sortit de la salle de bains et fut accueillie par une odeur de nourriture. Suivant les indications de son nez vers la petite cuisine, elle jeta un coup d'œil dans la marmite qui mijotait sur le fourneau. Il s'agissait d'une sorte de soupe - le genre de soupe dans laquelle on faisait revenir un demi-kilo de bœuf haché, pour y ajouter une boîte de tous les légumes que l'on avait sous la main. L'odeur de cette soupe fit gargouiller son estomac. Cela faisait bien trop longtemps qu'elle avait mangé ces petits gâteaux sur la route. Sur le comptoir, elle trouva un verre d'eau et une bouteille d'analgésiques, mais aucune trace de Harrison à l'intérieur.

Le bruit sourd d'une hache fendant du bois attira son attention vers la fenêtre. À la lueur d'un projecteur, Harrison empilait les morceaux, plaçant une autre bûche sur une souche. Il balança son bras et abattit la hache avec une économie de mouvement qui donnait à penser qu'il avait beaucoup d'entraînement. Elle le regarda répéter l'action plusieurs fois, admirant la puissance de ses épaules larges et de ses bras musclés. Jamais elle n'aurait imaginé avoir un faible pour les bûcherons, mais même avec cette barbe foisonnante, l'image de l'homme des montagnes lui faisait de l'effet.

Tout un tas de choses chez Harrison lui faisaient de l'effet.

Et quand as-tu commencé à écrire un roman d'amour dans ta tête ?

Apparemment, à peu près au moment où un étranger grand et costaud a réveillé ma libido. Consternée par ses fantasmes, Ivy leva les yeux au ciel. Elle récupéra la sacoche de son ordinateur portable et se prépara au pire. Mais l'écran était intact. Et lorsqu'elle appuya sur le bouton d'alimentation, l'ordinateur s'alluma sans problème. Il avait survécu à l'accident. Dieu merci.

Désireuse d'enregistrer certaines de ses pensées sur Michael, elle ouvrit un nouveau document et commença à taper. Elle travaillait encore lorsque Harrison ouvrit la porte un peu plus tard, un paquet de bûches sous le bras. Ivy ne put s'empêcher de le regarder traverser la pièce pour jeter le bois dans le panier grillagé près de la cheminée, puis se rendre dans la cuisine surveiller la soupe. Elle réussit à reporter son attention sur l'écran, loin de son fessier moulé dans son jean, juste avant qu'il ne se retourne.

—Ça va ?

— Oui. Je commence à avoir faim, ça va mieux.

Penser à ses fesses lui avait desséché la bouche, elle se versa donc de l'eau de la carafe qu'elle avait remplie et en but davantage.

Il acquiesça.

— Nous devrions avoir suffisamment de bois pour passer la nuit. Je vais aller me doucher puis nous mangerons.

— Ça me va.

Il disparut dans la salle de bains. Ivy essaya de se remettre au travail, mais toute l'inspiration qu'elle avait réussi à trouver semblait l'avoir abandonnée. Elle avait l'esprit complètement embrouillé. Bien qu'elle eût souhaité pouvoir mettre cela sur le compte de l'accident ou de Harrison lui-même, elle savait que cela durait depuis bien plus longtemps. Elle avait la tête vide, se contentant d'agir machinalement depuis si longtemps qu'elle commençait à craindre qu'il ne s'agisse d'autre chose que la panne de l'écrivain.

Laissant de côté l'ordinateur portable, elle se blottit dans le fauteuil près de la cheminée, le regard fixe sur les flammes en broyant du noir. Et si ce qui se passait dans sa tête était impossible à réparer ? Et si elle était définitivement brisée ? Et si sa carrière était terminée ? Cette idée lui donnait la nausée. Elle aimait son travail. Ou du moins, c'était le cas avant de commencer à avoir l'impression, lorsqu'elle ouvrait son manuscrit, qu'elle marchait vers l'échafaud.

La porte de la salle de bains s'ouvrit. Ivy leva la tête par réflexe, puis cligna des yeux, confuse, devant l'inconnu qui apparut, vêtu d'un jean plus sombre et d'une autre chemise en flanelle.

Putain de merde.

Il avait rasé sa barbe. Pas entièrement, mais il l'avait attaquée à la tondeuse, la réduisant de plusieurs centimètres, ce qui diminuait sa ressemblance à un ZZ Top en herbe et lui laissait une barbe rasée de près qui mettait en valeur sa forte mâchoire. Cela le rendait plus accessible et... il fallait bien l'admettre, incroyablement sexy. Le visage qu'il cachait sous tous ces cheveux s'avérait être aussi magnifique que son corps musclé.

À deux doigts de se mettre à baver, Ivy se rendit compte qu'il lui avait dit quelque chose.

— Pardon, quoi ?

— Je vous demandais si vous étiez productive.

Elle ne put retenir un grognement de dégoût.

— Non. Pas vraiment.

Il jeta ses vêtements sales dans un sac et se dirigea vers la cuisine.

— Vous voulez en parler ?

Son premier réflexe fut un non catégorique. À quoi bon en parler ? Mais en le voyant aux fourneaux, elle se ravisa. Le peu d'inspiration qu'elle avait réussi à trouver, c'était grâce à lui. Elle voulait en savoir plus sur son compte. Lui raconter quelque chose sur elle-même pourrait l'amener à baisser la garde à nouveau. Et peut-être, avec un peu de chance, trouverait-elle la pièce qui lui manquait pour son intrigue.

— Il fut un temps où j'adorais mon travail.

Il y avait tant de nostalgie dans son ton que Harrison dut lutter contre l'envie irrépressible de la prendre dans ses bras. Que lui arrivait-il donc ? Mais il comprenait ce sentiment : le bonheur d'avoir la chance de faire ce pour quoi on se sentait né, et le découragement qui s'ensuivait quand tout s'écroulait. Il avait adoré être un Ranger. Jusqu'à ce que ce ne soit plus le cas.

— Vous avez dit que vous étiez écrivaine.

Il valait mieux qu'il se concentre à nouveau sur elle et ses problèmes.

— C'est ce qui est écrit sur mon CV. Mais je ne me sens pas très écrivaine ces derniers temps.

Elle accepta le bol de soupe qu'il lui tendait et alla s'asseoir à la petite table du coin-repas.

Il la suivit avec son propre bol et un sachet de crackers.

— Vous avez écrit quelque chose dont j'aurais pu entendre parler ?

Probablement pas. Elle avait l'air jeune. Pas au point d'être mineure, mais certainement pas plus de trente ans, contrairement à lui. Il la voyait bien comme une auteure de romans d'amour, ou peut-être de livres pour jeunes adultes.

— C'est possible.

Elle remuait frénétiquement sa soupe, comme si cela pouvait la faire refroidir plus vite, et évitait de croiser son regard.

Harrison attendit qu'elle développe, mais elle garda le silence. Il n'était pas habitué à ce qu'on le fasse attendre et la réticence de la jeune femme avait piqué sa curiosité.

— Vous êtes mal à l'aise ou vous avez peur que notre situation tourne à *Misery* ? -aussitôt les mots prononcés, il grimaça - désolé, parler d'un écrivain qui se fait kidnapper et attacher à un lit est probablement de mauvais goût, vu les circonstances.

Mais cela eut le mérite de lui faire lever la tête vers lui. L'espace d'un instant, une lueur de désir et de curiosité traversa les yeux vert argenté d'Ivy, faisant partir le cerveau de Harrison dans une direction totalement différente de celle qu'il suivait avec sa blague. Merde, il n'avait aucune intention de partir sur ce sujet, et voilà qu'à présent ils pensaient tous deux au canapé, à la peau et...

Ivy pointa sa cuillère vers lui, une expression amusée sur le visage.

— Vous n'êtes pas Annie Wilkes.

Quelle serait sa réaction s'il lui disait qu'il avait le même nom de famille ? Avant qu'il ne puisse poser la question, elle poursuivit.

— Et je ne suis pas mal à l'aise.

Ses joues avaient joliment rosi, démentant ses propos, mais c'était probablement parce qu'elle les imaginait nus tous les deux, à cause de sa blague. Ou alors, il prenait simplement ses rêves pour des réalités.

— Alors, quoi ? - dit-il en la taquinant - est-ce que c'est une de ces m..., euh un de ces trucs du genre *Cinquante nuances* ?

Mais qu'est-ce qui n'allait pas chez lui, pourquoi insistait-il sur le même sujet ? Depuis quand avait-il décidé que c'était une bonne idée de flirter avec cette femme ?

Elle fit une grimace de dégoût et secoua la tête avec véhémence en plongeant sa cuillère dans sa soupe.

— Ce n'est absolument pas de l'érotisme. Ce n'est même pas de la romance, bien qu'il y ait quelques éléments romantiques qui ont surgi dans la série. C'est juste que les filles bien ne sont pas censées écrire sur des choses macabres comme des meurtres en série.

Harrison ne prit pas la peine de masquer sa surprise.

— Vous n'avez pas l'air de quelqu'un qui écrirait sur quelque chose d'aussi sombre.

Elle haussa un sourcil sombre.

— Et à quoi ressemble quelqu'un qui écrit sur la noirceur ultime du cœur humain ? Certains diraient que je suis extrêmement bien adaptée parce que j'exorcise mes pulsions les moins acceptables par le biais de la fiction.

— Vous êtes donc en train de me dire que vous avez des pensées homicides récurrentes ?

Elle pointa sa cuillère vers lui.

— Ne titillez pas l'écrivaine. Elle pourrait vous mettre dans un livre et vous tuer. Il se trouve que j'ai pris ma revanche fictive sur tout un tas de gens de cette façon.

Sa curiosité passablement attisée, il ouvrit les crackers et en sortit quelques-uns.

— Quelle est la série ?

— La série Sloan Maddox.

Les crackers tombèrent de ses doigts engourdis dans sa soupe tandis qu'il la fixa.

— Vous êtes Blake Iverson ?

Elle haussa les épaules et fit un demi-sourire.

— Coupable.

Hollow Point Ridge, le dernier livre de la série, était sur sa liseuse en ce moment même.

— Mais tout le monde pense que vous êtes un mec.

Assurément, les thrillers sombres et croustillants qui faisaient tourner en bourrique les fans de Jack Reacher ne laissaient en rien présager que cette femme minuscule à l'allure si douce en fût l'auteure.

— C'est ridicule, mais cela permet d'avoir accès à un marché plus vaste. Les hommes sont plus enclins à lire un livre écrit par un homme qu'un livre écrit par Ivy Blake. Et comme je refuse les apparitions publiques, personne ne se doute de rien.

— Eh bien, que je sois damné. Donc ce livre sur lequel vous êtes en retard est le prochain Sloan Maddox ? Je pensais que le sixième tome était le dernier de la série.

Ivy secoua la tête à nouveau.

— Mon éditeur veut que je me diversifie. C'est censé être le début d'une nouvelle série mettant en scène un autre personnage de la série principale, mais ça ne prend pas.

— Quel personnage ?

Elle haussa brusquement les sourcils.

— Vous en avez lu un ?

— Je les ai tous lus. Enfin, je n'ai pas encore terminé le dernier. J'ai dû le mettre de côté juste après la découverte du deuxième corps - parce qu'il avait dû aller en enterrer un autre, mais ce n'est pas un sujet qu'il voulait aborder maintenant - j'avais l'intention de le finir ce soir, en arrivant ici.

Ivy rougit à nouveau. Bon sang, qu'elle était mignonne. Comment une femme comme elle pouvait-elle écrire des livres qui lui donnaient la chair de poule ?

— Vous avez un esprit sombre et tordu – poursuivit-il.

Il se rendit compte, trop tard, qu'elle pouvait être vexée par cette observation.

Mais Ivy se contenta de sourire.

— Merci. Autant que je me serve de mon diplôme d'études supérieures.

— Vous êtes diplômée en quoi ?

— Psychologie légale.

Harrison cligna des yeux, surpris encore une fois.

— Sérieusement ?

Elle inclina la tête et haussa les épaules, comme pour dire « Coupable ».

— Au départ, qu'est-ce que vous vouliez en faire ?

— J'avais dans l'idée d'entrer au FBI, dans l'Unité d'analyse comportementale. L'esprit criminel me fascine. Mais je suis beaucoup moins d'accord pour aller sur le terrain, ce que j'ai découvert lors d'une relation très brève avec un inspecteur de la criminelle pendant que j'étais à l'université. Il a été appelé sur une scène de crime alors que nous étions sortis ensemble, et j'ai été l'imbécile qui n'a pas suivi les ordres et n'est pas restée dans la voiture. Lorsque j'ai vu ma première - et unique - victime d'homicide, j'ai su que je ne parviendrais jamais à faire partie des forces de l'ordre. Il faut un type particulier de courage pour faire ce genre de travail, et je ne l'ai pas.

— On ne le dirait pas du tout à la lecture de vos livres. Certains de vos tueurs en série m'ont donné des cauchemars.

Et il avait été soulagé lorsque la noirceur de ses personnages avait pris le pas sur sa propre noirceur.

Ivy rayonnait.

— Merci.

— Pour ma part, je suis content que vous ayez pris une autre voie.

Il détestait l'idée qu'elle perde sa douceur. Quoique, vu le genre de livres qu'elle écrivait, c'était peut-être une illusion. Comment quelqu'un pouvait-il comprendre la noirceur à ce point et rester un tant soit peu innocent ?

— Vous êtes comme mes parents. Ils ont toujours détesté l'idée que j'entre au FBI.

— C'est un métier dangereux. Et c'est la prérogative d'un parent d'espérer que son enfant ne fasse pas quelque chose qui pourrait lui valoir d'être abattu - sa mère n'avait certainement pas apprécié qu'il s'engage dans l'armée. Elle avait été fière de ses années de service, mais terrifiée pendant tout le temps. Elle avait organisé une grande fête lorsqu'il avait décidé de ne pas se réengager - pourquoi l'aviez-vous choisi ?

Il n'arrivait pas à imaginer cette femme menue, portant un pull duveteux et un jean usé, avec l'allure formelle et le costume terne d'un agent fédéral.

— Je suis douée pour cerner les gens. Je suppose que cela vient du fait que j'ai beaucoup déménagé et que j'ai toujours été la nouvelle de la classe.

— Vous étiez fille de militaire ?

— Fille de pasteur. L'Église méthodiste aime bien déplacer ses prédicateurs toutes les quelques années au sein de la circonscription. J'ai donc vécu dans tout le Sud-Est des États-Unis. Quand on est toujours le petit nouveau, c'est pratique de pouvoir jauger les gens rapidement. De savoir où l'on peut le mieux s'intégrer.

— C'est vrai, mais entre être le petit nouveau de l'école et le FBI, il y a de la marge.

Il devait y avoir une raison plus importante que la simple curiosité.

Ivy afficha un sourire plein d'ironie.

— Vous vous demandez si je n'ai pas un traumatisme ou un truc du genre qui m'a poussée à vouloir attraper tous les méchants.

Il ne devrait pas jouer au poker avec cette femme.

— C'est la conclusion logique.

— Le profilage n'est pas toujours une question de logique. Qu'il s'agisse de tueurs en série ou de gens ordinaires. J'aime bien résoudre l'énigme qui consiste à essayer de comprendre ce pour quoi quelqu'un agit, et il s'est avéré que j'étais plutôt douée.

Harrison repensa à ce qu'elle avait dit tout à l'heure. *Personne ne vient dans un endroit pareil s'il veut de la compagnie.* Peu importait ce qu'elle avait dit à propos de la logique, ce n'était pas une observation difficile à saisir. Mais il se demandait ce qu'elle pourrait bien découvrir d'autre pendant leur séjour ensemble, et il n'était pas du tout sûr qu'il serait à l'aise avec ses intuitions.

Réprimant sa gêne, il reporta son attention sur leur conversation.

— Alors pourquoi ne pas avoir choisi la psychologie classique ? Pourquoi avoir opté pour les affaires criminelles ?

— D'abord, je n'ai aucune patience pour les problèmes de tous les jours. Beaucoup de thérapies consistent à écouter les gens se plaindre sans jamais vouloir changer. J'aurais été malheureuse au bout d'un an. Mais la raison principale ? Vous allez trouver ça stupide.

— Dites toujours.

— J'ai vu des rediffusions d'une série de la fin des années 90. *Profiler.* L'héroïne était une psychologue judiciaire qui travaillait pour une division gouvernementale fictive qui collaborait avec d'autres agences pour faire tomber les auteurs de crimes violents. J'ai absolument adoré cette série. Elle me fascinait et je me disais que c'était un super métier. Faire tomber les méchants en étant plus intelligente qu'eux. Après ça, j'étais accro.

— Vous avez décidé de rejoindre le FBI à cause d'une série télévisée ?

— Je vous avais dit que vous trouveriez ça stupide.

La courbe de ses épaules suggérait qu'elle avait déjà eu cette réaction auparavant.

— Pas stupide. Juste surprenant.

— Il n'y a pas de noble raison qui me pousse. Et, en l'occurrence, je n'ai pas eu le courage de faire plus qu'écrire sur le sujet.

— Vous êtes sacrément douée pour l'écriture, il n'y a donc pas de honte à cela. Il n'est pas nécessaire de toujours tout faire pour une noble cause.

— Aviez-vous une noble raison pour vous engager dans l'armée ?

Harrison n'aurait pas dû être surpris. Elle venait de lui dire qu'elle avait étudié pour devenir profileuse. Mais la question le prit de court.

— C'est aussi évident que ça ?

— Que vous étiez dans l'armée ? Oui. Vous avez descendu en rappel le flanc d'une montagne en plein blizzard, dans le Tennessee, tout seul, pour aider une parfaite inconnue et vous n'avez même pas transpiré.

Eh bien, elle avait tort sur ce dernier point. C'était bien de savoir que ça ne s'était pas vu.

— C'était une mini-montagne et c'était loin d'être un vrai blizzard.

— Tout de même. Ce n'est pas à la portée du civil lambda, ni quelque chose qu'il aurait envie de faire. Et puis, il y a la façon dont vous vous déplacez, avec cette économie totale de mouvements, aucun gaspillage. Et même si vous n'aviez pas fait appel à vos talents de recherche et de sauvetage, il y a eu votre réaction face au raton laveur. Vous avez pensé que j'étais en danger et réagi avec la rapidité que seule une personne très entraînée peut atteindre. Je parie donc que vous n'étiez pas seulement militaire, mais que vous faisiez partie des forces spéciales.

La bouche de Harrison se dessécha. Si c'était ce qu'elle avait retenu de l'incident du raton laveur, alors peut-être n'était-elle pas aussi observatrice qu'elle en avait l'air. Ou peut-être lui n'avait-il pas été aussi transparent qu'il le pensait.

— Comment savez-vous que je ne suis plus en activité ?

— À moins que vous ne sortiez d'une affectation où les normes d'hygiène étaient décontractées, votre barbe est beaucoup trop longue pour un militaire actif et vous n'avez pas la coupe de cheveux adéquate. J'imagine que vous avez quitté l'armée depuis deux ou trois ans.

Il aurait aimé ouvrir une des bières qui se trouvaient dans le réfrigérateur, mais s'il le faisait maintenant, il se trahirait. Il avait été entraîné à résister à la torture, il pouvait tolérer un certain inconfort de la part d'une femme à l'intuition phénoménale.

6

Harrison continua d'afficher une expression neutre et impassible alors qu'il s'asseyait plus confortablement sur sa chaise, mais la légère crispation de sa main, comme s'il aurait souhaité tenir quelque chose, n'échappa pas à Ivy.

— Eh bien, je parie que vous êtes un vrai boute-en-train en soirée.

Son ton était sec, mais elle savait qu'elle était allée trop loin, s'aventurant sur un terrain sur lequel il ne voulait manifestement pas aller. Elle réfréna donc ses conjectures quant aux raisons qui auraient pu le pousser à quitter l'armée et se rappela qu'il ne s'agissait pas d'un personnage dont elle pouvait explorer tous les ressorts au nom de l'histoire. C'était un homme en chair et en os, qui avait droit à une vie privée. Il avait suffisamment confirmé ses soupçons comme ça.

Désireuse de le mettre à l'aise à nouveau, elle lui adressa un sourire gêné et ramena la conversation sur elle-même.

— Je ne me souviens pas de la dernière soirée à laquelle je sois allée. Je suis un peu accro au travail.

La tension subtile autour de sa bouche se relâcha.

— Vous avez dit que vous adoriez votre travail. Ce n'est plus le cas ?

Ivy hésita avant de répondre. C'était un sujet dont elle ne parlait pas. Avec personne. Certainement pas avec un fan. Les questions des fans, en général, la mettaient mal à l'aise. Mais elle avait le sentiment que celles de Harrison ne seraient pas les questions simples et superficielles que les gens posaient si souvent. Et elle lui en devait probablement une, après la façon dont elle l'avait percé à jour.

— J'ai écrit mon premier livre à l'université. Je m'y suis mise pour décompresser pendant la rédaction de mon mémoire de maîtrise. C'était pour le plaisir parce que presque chaque fois que nous discutions d'un profil en classe, mon cerveau recrachait bien plus que les simples faits d'un sujet inconnu. Construire une histoire autour de ce profil était instinctif et rendait fous certains de mes professeurs. Mais mes camarades de classe appréciaient. J'avais une sorte de petite liste de diffusion, disons. J'envoyais les nouveaux chapitres au fur et à mesure que je les écrivais. C'était un moyen de nous divertir au milieu de tout le stress de la fac. Et après avoir eu la révélation que je ne rejoindrais pas les rangs du FBI, un de mes proches m'a suggéré de peaufiner le livre et d'essayer de le faire publier - elle se resservit un peu de soupe, plus pour occuper ses mains que parce qu'elle avait encore faim - je n'avais pas beaucoup d'espoir que ça aille bien loin, mais j'ai fini par trouver un agent dès la première série de lettres que j'ai envoyées. Et six semaines après avoir signé, je me suis retrouvée au milieu d'une guerre d'enchères entre trois éditeurs différents.

Il se pencha en avant et se remit à manger.

— Ça a dû être un sacré moment.

— C'est vrai. C'était passionnant. Tout ce que mes professeurs me reprochaient, les éditeurs l'adoraient. J'ai accepté un contrat pour trois livres. Ils ont précipité la sortie du premier livre parce qu'il était à peu près fini, à l'exception de quelques révisions mineures, et Wally, mon éditeur, m'a ordonné de commencer le deuxième. Je l'avais terminé, ainsi que le troisième de la série, au moment où le premier entrait dans la liste des best-sellers du *New York Times*. Ces livres ont jailli de moi, comme s'ils n'attendaient qu'un exutoire. Je ne me suis jamais autant amusée de ma vie. Je pouvais raconter le genre d'histoires que j'avais inventées pendant des années, et j'étais payée pour.

Elle esquissa un sourire à l'évocation de ce souvenir.

— Alors, qu'est-ce qui a changé ?

Le souvenir de l'enthousiasme s'estompa.

— Les livres deux et trois sont entrés dans la liste du *Times*. Mon éditeur m'a demandé trois autres livres pour la série. Et comme j'avais écrit le deux et le trois tellement vite, on m'a donné des délais très courts, pour profiter de l'engouement que nous avions suscité. Le rythme de travail était brutal, impitoyable. Mais j'ai tenu bon. J'ai livré la marchandise. Et j'ai fait tout ce qu'on me demandait. Les réseaux sociaux et le travail avec les fans. Les tournées de blogs. J'acceptais sans broncher tout ce que me demandait mon attaché de presse. La seule limite que j'ai fixée, c'est celle des apparitions publiques. Je suis pétrifiée à l'idée de parler en public, et comme on m'avait publiée sous le nom de Blake Iverson, cela ne les dérangeait pas. Ça permettait d'entretenir le mystère, en quelque sorte. Mais le sixième livre a été difficile. Trouver l'équilibre entre les recherches, l'écriture du livre, la satisfaction des fans, les conneries sur les réseaux sociaux pour ne pas être oubliée entre les parutions... tout cela n'a pas été sans conséquences. Le sujet de *Hollow Point Ridge* était assez sombre, même pour moi, et m'a demandé beaucoup d'énergie. Je me suis dit que ça irait mieux après une petite pause. Et ce fut le cas. Pendant un petit moment. Puis mon éditeur est revenu avec des chiffres de lancement et il voulait une nouvelle série, un spin-off centré sur Michael. Comme je suis assez sage pour ne pas mordre la main qui me nourrit, j'ai dit oui. Mais ce livre est...

Elle s'interrompit, ne sachant trop quoi dire à ce sujet.

— Est quoi ? demande Harrison.

— Il n'est... pas.

Il plissa les yeux.

— Pas dur ?

— Non, ce n'est pas un livre. Je n'ai pas été capable de l'écrire - rien que d'y penser, sa nuque se nouait d'une tension supplémentaire. Fermant les yeux, elle s'étira pour la frotter des deux mains - j'ai essayé. Je m'y suis attaquée de toutes les façons possibles et imaginables. Mais ça ne prend pas. Rien ne marche. Et Marianne et Wally ne me lâchent pas d'une semelle parce que j'ai déjà raté une échéance, et je continue à les éviter parce que je ne peux pas avouer la vérité.

— Vous êtes surmenée.

Elle laissa échapper l'expiration qu'elle retenait.

— Oh mon Dieu, tellement.

C'était un tel soulagement d'entendre quelqu'un d'autre exprimer ce qui tournait dans son cerveau depuis des semaines.

Harrison se pencha en avant, posant ses avant-bras sur la table. Bon sang, elle se découvrait un penchant pour les avant-bras qu'elle ignorait. Ils étaient puissants, avec un léger duvet sombre à l'intérieur. Et ces mains...

— Donc, si j'ai bien compris, vous travaillez sans relâche depuis... eh bien, trois ans pour votre carrière dans l'édition, plus quelques années avant cela à l'université, et de manière générale, vous brûlez la chandelle par les deux bouts. Avez-vous fait une pause, bien légitime, pour vous remettre de tout cela ?

Ivy ne put qu'éclater de rire, un rire qui, elle le savait, avait un côté hystérique. Mais elle ne pouvait pas s'en empêcher. L'idée d'une pause était aussi ridicule que des éléphants roses en tutu.

— Pas eu le temps.

— Vous savez ce qui arrive dans l'armée si vous ne prenez pas le temps de gérer vos problèmes ?

Elle cessa de rire et se retrouva penchée vers lui, la joue appuyée sur son poing.

— J'imagine que vous allez me le dire.

— Votre flamme s'éteint. Vous perdez vos repères.

Les gens meurent. Il ne le dit pas, mais l'implication resta en suspens entre eux.

Était-ce ce qui lui était arrivé ? Ivy se garda bien de poser la question.

— Je n'ai pas vraiment eu le choix. L'édition est une question de délais et très peu d'éditeurs prennent l'auteur en considération.

— Si vous ne dites rien, ils ne le feront jamais, c'est certain.

Il ne comprenait pas. Et pourtant...

— Vous n'avez pas tort. J'ai besoin d'une pause. D'une vraie pause légitime. Sans pression autour du livre, sans menace d'implosion de ma carrière qui pèse au-dessus de ma tête. Mais je n'ai aucune idée de la façon dont je vais pouvoir l'obtenir.

Les coins de cette bouche étonnamment sensuelle se relevèrent, juste un peu.

— Eh bien, vous êtes actuellement coincée dans une cabane sans Wi-Fi, sans téléphone, et sans aucun moyen pour quiconque de vous joindre pour vous embêter à ce sujet.

Quand est-ce que cette perspective avait cessé d'être alarmante ?

— C'est vrai, dit-elle.

— Peut-être devriez-vous en profiter pour lâcher prise et déconnecter ?

Assise en face de ce type intéressant et sexy, tout ce à quoi elle pensait, c'était à profiter de lui.

Il AVAIT ÉTÉ sur le point de lui suggérer de rester ici quelque temps. Même s'il pensait vouloir être seul, avoir besoin de solitude, il appréciait sa compagnie. Il avait tellement conscience de sa présence que cela l'empêchait de se concentrer sur autre chose, comme ce à quoi il essayait d'échapper. Mais les mots moururent dans sa gorge à la vue de l'éclair de désir qu'il aperçut dans les yeux de la jeune femme.

Son regard se porta sur sa bouche, se demandant quelle saveur elle aurait et quelle sensation auraient ces lèvres sur sa peau. Son corps se mit au garde-à-vous, avec une envie irrépressible de passer ses mains de l'autre côté de la table pour entraîner Ivy sur ses genoux. Sa respiration accélérée et ses lèvres entrouvertes suggéraient qu'elle n'était pas contre. Lorsqu'il parvint à ramener son attention sur ses yeux, elle avait les pupilles complètement dilatées.

C'était un très mauvais plan. Il essaya de s'accrocher à cette idée, tandis que la tension et la chaleur semblaient s'accumuler dans l'espace qui les séparait. Se laisser aller à cette attirance, alors qu'il n'y avait aucune échappatoire si tout allait de travers, c'était le bordel assuré. Nom de Dieu, elle avait eu un accident aujourd'hui.

Mais peine perdue : ne diminuaient ni son désir ni son envie de se perdre en elle et de noyer la peine qui l'habitait depuis longtemps, dans ce corps qu'il avait désespérément cherché à ne pas regarder. Il voulait toucher, goûter et prendre. La dépouiller de son stress et de ses secrets, jusqu'à ce que plus rien ne compte que lui.

Les lumières s'éteignirent.

Harrison recula brusquement et s'éloigna d'elle, cette

obscurité soudaine l'ayant arraché à la brume du désir avant qu'il ne commette l'irréparable. S'il en éprouvait du regret, eh bien, cela faisait longtemps qu'il n'avait pas eu envie de quelqu'un avec autant d'ardeur.

Il pouvait à peine distinguer la silhouette d'Ivy dans la lueur du feu.

— Je suppose que c'est grave ?

Son ton était si neutre et naturel qu'il se demanda s'il n'avait pas imaginé la flamme dans son regard.

S'efforçant de retrouver son sang-froid, il reporta son attention sur ce nouveau couac dans ses plans.

— En fait, je suis surpris que cela ait pris autant de temps, étant donné la quantité de neige dehors. Les infrastructures ne sont pas vraiment préparées à ça, par ici - s'écartant de la table, il se dirigea vers l'endroit où il avait laissé ses bottes - je vais aller voir comment allumer le générateur.

Ivy se leva à son tour et attrapa le manteau qu'il avait suspendu près du feu pour le faire sécher.

— Qu'est-ce que vous faites ? demanda-t-il.

— Je viens avec vous.

— Il n'y a aucune raison que vous soyez à nouveau congelée.

Quoique, si elle l'était, ils pourraient à nouveau partager leur chaleur corporelle, de préférence nus et fougueux cette fois-ci... *Ressaisis-toi, Wilkes.*

Elle fronça les sourcils.

— Vous pourriez avoir besoin de quelqu'un pour tenir une lampe de poche pendant que vous... faites ce qu'on fait à un générateur.

— Si j'en ai besoin, je reviendrai vous chercher.

Avec l'image d'elle et lui dévêtus, d'une manière plus que médicalement recommandée, qui embrumait encore son esprit, il avait besoin de quelques minutes pour maîtriser son excitation. Ou peut-être plus que quelques minutes. Avec le froid, ça devrait le faire.

— Très bien, je vais faire la vaisselle.

Mettant une lampe de poche dans son sac, Harrison se dirigea vers l'extérieur. Porter lui avait dit que le générateur se trouvait dans un petit appentis à l'arrière de la cabane. Se frayant un chemin dans la neige accumulée - il devait déjà y en avoir une quinzaine de centimètres - il contourna la maison. Les températures devaient avoisiner les moins cinq ou six degrés, et avec le vent, on devait frôler les moins dix ou moins douze. Il allait faire sacrément froid en un rien de temps s'il ne mettait pas ce truc en marche.

À l'aide des clés que Porter lui avait données, il déverrouilla l'appentis et ouvrit la porte. Le générateur était prêt et attendait, comme annoncé. Il vérifia le niveau de carburant et les câbles. Posant la lampe de poche en équilibre sur l'étagère contenant divers outils et équipements, il s'empara de la poignée de la manivelle et tira d'un bon coup. Rien. Il s'y attendait et recommença plusieurs fois. Le moteur crachota et toussa, mais refusa de s'allumer. Saisissant la lampe de poche, il l'inspecta de plus près, essayant de comprendre d'où venait le problème. Les câbles étaient intacts. Aucun signe d'effilochage ou de mastication par des animaux. Aucun autre coupable évident ne lui sautait aux yeux.

Merde.

Sans davantage de lumière, impossible de poser un diagnostic sur ce machin. Il pourrait accepter l'offre d'aide d'Ivy, mais s'il ne parvenait pas à réparer le générateur et que le courant ne revenait pas, elle aurait froid pour rien. Et quoi qu'en pensent ses parties basses, elle n'avait pas besoin de revivre cela. Mieux valait conserver la chaleur qu'ils avaient actuellement dans la cabane, et il réglerait tout cela demain à la lumière du jour.

Ramassant une autre grosse pile de bois de chauffage, il rentra en trombe à l'intérieur.

— J'ai une bonne et une mauvaise nouvelle. La mauvaise : il y a un problème avec le générateur. Il ne démarre pas. Je peux probablement le réparer, mais cela prendra du temps, et les chances de rater quelque chose dans l'obscurité sont élevées, ça ne me plaît pas. Donc, ça devra attendre demain - il empila soigneusement les bûches à côté du panier à bois et se tourna vers elle - la bonne nouvelle, c'est que le chauffe-eau et la cuisinière fonctionnent au gaz et que nous avons plus de bois qu'il n'en faut pour passer la nuit.

— Ça n'a pas l'air si grave - le regard d'Ivy glissa vers le haut - et comme la chaleur monte, la mezzanine devrait rester au chaud tant que le feu brûle, non ?

La mezzanine. Qui contenait le seul lit. Et maintenant, le revoilà qui tentait de débander, par sa seule force de volonté. Merde.

— Oui, ça devrait aller là-haut. Vous pouvez prendre le lit. Je dormirai sur le canapé.

Il aurait le dos en capilotade et ne fermerait probablement pas l'œil de la nuit, mais au moins, près du feu, il ne gèlerait pas, et elle serait à l'abri de son self-control plus que douteux.

Les mains sur les hanches, elle lui lança un regard exaspéré.

— Harrison, c'est tout simplement stupide. Vous tenez à peine sur le canapé. Nous sommes tous les deux adultes, et je pense que nous avons déjà prouvé que nous sommes plus que capables de partager notre espace personnel et d'empiler les couvertures pour conserver la chaleur.

C'était donc ça qu'ils avaient prouvé sur le canapé tout à l'heure ? Il était quasiment certain qu'il avait uniquement prouvé qu'il voulait la déshabiller. Dormir dans le même lit qu'elle, à quelques centimètres de cette peau affriolante, sans pouvoir la toucher : c'était une nuit blanche de torture assurée. Mais il ne voyait pas d'excuse raisonnable pour refuser sans admettre son attirance qu'il était probablement préférable d'ignorer.

Dans un lit au moins, même s'il passait une nuit blanche, il aurait moins mal au dos.

— D'accord. Si vous êtes sûre que cela ne vous gêne pas.

— Pourquoi ne le serais-je pas ?

Oui, en effet, pourquoi ?

7

Ivy se réveilla confuse, un côté de son corps au chaud, et l'autre congelé. En reprenant conscience, elle se rendit compte qu'elle était collée contre Harrison, dont le corps long et musclé était une véritable fournaise. Cette situation lui aurait parfaitement convenu, sauf qu'il avait tiré toutes les couvertures vers son côté du lit et qu'elle avait les fesses à l'air, son pantalon de yoga ne faisant pas le poids face à l'air glacial.

Certes, le feu était encore allumé mais il s'était réduit à quelques braises incapables de les réchauffer là-haut. Une lumière pâle passait à travers les fenêtres. L'aube devait être proche, ce qui pour elle signifiait qu'il était bien trop tôt pour être réveillée. D'autant plus qu'il n'y avait pas de cafetière programmable dans la cuisine, donc pas de café frais en perspective.

Une partie d'elle-même voulait se rendormir pour quelques heures et se replonger dans le rêve fabuleux qu'elle faisait. Celui où Harrison avait décrété qu'ils se chaufferaient eux-mêmes pour la nuit. Puisqu'elle avait apparemment mal interprété les signaux de l'homme en chair et en os, la nuit dernière, la seule action qu'elle allait connaître était celle de la version rêvée, alors elle avait tout intérêt à retourner dans les bras de Morphée pour s'assurer qu'il tiendrait parole. Mais une autre partie, plus prééminente, voulait s'allonger ici et savourer la proximité de Harrison. Ce n'était pas le contact charnel qu'elle désirait, mais elle pourrait s'en contenter. Il fallait juste qu'elle ait assez chaud pour en profiter.

Se dégageant avec précaution, Ivy se pencha sur Harrison et tenta de ramener l'édredon vers son côté du lit. Il l'avait coincé sous son menton. Retenant son souffle, elle passa la main au-dessus de lui, agrippant la couverture de ses doigts.

Brusquement, le lit se souleva tandis que Harrison lui sautait dessus. En une fraction de seconde, il la fit basculer sur le dos, son corps puissant plaquant le sien, ses mains massives agrippant ses poignets au point de les meurtrir, tandis qu'il lui enfonçait les bras dans le matelas. Sa respiration était saccadée, et elle sut en un instant qu'il ne la voyait pas. Son expression était trop féroce, trop furieuse.

Son cœur battait à cent à l'heure contre sa cage thoracique. Elle devait le réveiller avant qu'il ne s'en prenne à l'ennemi qu'il croyait voir.

— Harrison - sa voix était étouffée, à peine plus qu'un chuchotement, parce qu'il lui coupait littéralement le souffle.

Il ne cligna même pas des yeux en entendant son nom.

Ivy tenta de respirer, avec ce poids sur sa poitrine il lui était difficile de faire plus qu'une inspiration superficielle.

— Harrison, réveille-toi, répéta-t-elle.

Aucune réaction.

Elle n'avait aucune prise, aucun moyen de lutter contre sa masse corpulente pour se libérer. N'ayant pas d'autre choix, elle fit la seule chose qui lui vint à l'esprit.

Elle l'embrassa.

À la seconde où ses lèvres rencontrèrent les siennes, il se figea. Profitant de l'avantage du moment, elle se concentra sur le baiser, afin qu'il se réveille, qu'il la reconnaisse. Un frisson le parcourut, il colla sa bouche à la sienne et lui rendit son baiser.

Oh.

Elle s'attendait à ce qu'il batte en retraite, pas à ce qu'il s'enflamme, mais elle fut incapable de résister lorsque, de sa langue, il dessina le contour de ses lèvres. Elle frémit à son tour et lui ouvrit la bouche, mêlant sa langue à la sienne. Sa saveur l'inonda, mettant chacun de ses neurones, jusqu'au dernier, en mode « désir ». Elle voulut se rapprocher de lui, mais il la tenait toujours plaquée contre le matelas. Alors, les mains qui retenaient ses poignets relâchèrent leur étreinte et la pression sur sa poitrine disparut. Elle gémit, puis il changea de position, s'installant entre ses jambes, le poids de son corps écrasant son érection contre son sexe, et le gémissement se mua en râle.

— Oh ouiii, mon Dieu !

Elle tressaillit au contact de son corps, enroulant une jambe autour de ses hanches pour l'attirer plus près d'elle, faisant basculer ses hanches en réaction.

— Ivy.

En l'entendant prononcer son nom dans un grognement désespéré et possessif, elle se souleva vers lui, se frottant à lui pour soulager le délicieux picotement entre ses cuisses. Mais ce n'était pas suffisant. Ils portaient tous les deux trop de vêtements. Étant, apparemment, arrivé à la même conclusion, Harrison lui lâcha les mains, faisant descendre les siennes jusqu'à sa taille pour les faire passer sous les multiples couches qu'elle avait endossées pour dormir. Ses doigts calleux grattèrent son torse, une friction délicieuse qui stimula ses terminaisons nerveuses et lui donna une envie désespérée d'en avoir plus. Plus de peau, plus de chaleur. Juste... plus.

Touche-moi. Je t'en prie, mon Dieu, touche-moi avant que je ne sois réduite en cendres.

Il remonta plus haut, retrouvant sa bouche dans un baiser brûlant qui aurait dû incinérer tous les vêtements qui les séparaient. Ivy resserra son étreinte, essayant de s'enrouler autour de lui. Puis il trouva son sein.

Oh ouiii !

Enfilant ses doigts dans les cheveux de Harrison, elle se cambra sous ses caresses, savourant la façon dont il la couvrait de toute la largeur de sa paume. Mais elle en voulait plus. Elle voulait sa peau contre la sienne. Elle lutta contre son T-shirt, essayant de le remonter. Interrompant leur baiser, il le fit passer par-dessus sa tête, le jetant sur le côté, avant de réaliser une espèce de tour de magie à la Houdini sur les multiples strates qu'elle portait encore, les éliminant toutes d'un coup sec, jusqu'à ce qu'elle se retrouve, la poitrine nue.

Harrison se figea, la chaleur s'estompant de son visage.

Non. Non. Ne t'arrête pas.

Ivy tendit la main vers lui, mais il se dégageait déjà, retirant si vite ses mains de son corps qu'elle sentit presque comme un souffle d'air. Il roula, et s'assit en lui tournant le dos. Un peu perdue, confuse, elle n'arrivait pas vraiment à bouger, encore tellement excitée et insatisfaite qu'elle avait du mal à comprendre ce qui se passait. Sa respiration entrecoupée faisait écho à la sienne, et Ivy pouvait voir ses traits tirés par la tension, même dans la lumière grise de l'aube. Mais elle ne céda pas à l'envie de le toucher à nouveau. Il y avait tellement plus de distance entre eux que la largeur du lit. Au fur et à mesure qu'elle redescendait du pic douloureux de l'excitation, elle commençait à comprendre qu'il n'était pas revenu complètement à lui lorsqu'elle l'avait embrassé. Il venait tout juste de le faire.

Et sa première action avait été de s'éloigner d'elle, comme si elle avait la lèpre.

Cette prise de conscience la glaça. Une bouffée d'humiliation l'envahit, embrasant sa peau et retournant son estomac. Rien de tout cela ne suffit à effacer l'empreinte de ses mains sur son corps, ou le désir qui bouillonnait encore dans son sang.

Elle attrapa un oreiller pour se couvrir et attendit de voir ce qu'il dirait, se préparant à recevoir des excuses et à l'entendre déclarer que tout cela avait été une erreur. Ou peut-être était-ce elle qui devrait s'excuser. S'excuser et prendre ses jambes à son cou pour échapper à cette mortification.

Finalement, Harrison ne dit rien. Il se leva du lit, attrapa sa chemise, rejoignit l'escalier étroit et s'y faufila pour descendre, sans jamais croiser le regard d'Ivy. Elle l'entendit se déplacer au rez-de-chaussée, enfiler ses bottes et sortir.

Lorsque la porte se referma, elle laissa échapper un long soupir tremblant. Ce n'est pas ainsi qu'elle aurait voulu que les choses se passent. Même si elle ne s'attendait pas à ce que son baiser fasse autre chose que lui provoquer un choc pour le sortir du cauchemar dans lequel il se trouvait.

Ramenant ses genoux sur sa poitrine, elle se redressa. Peut-être aurait-elle dû s'en rendre compte plus tôt. Mais comment l'aurait-elle pu ? Lui aussi la désirait. Il ne l'aurait pas embrassée, pas touchée comme il l'avait fait si ce n'avait pas été le cas. C'était son nom qu'il avait prononcé en grognant. Même s'il n'était pas totalement conscient, c'est tout de même elle qu'il voyait. Alors pourquoi s'était-il arrêté ? Peut-être pensait-il qu'il profitait d'elle ? Si seulement il avait pris la peine de le lui demander... Et pourquoi ne le lui avait-il pas demandé ? Pourquoi avait-il réagi en prenant la fuite au lieu de lui parler, de lui demander si elle était sur la même longueur d'onde ? Elle aurait pu l'éclairer rapidement, de sorte qu'au moins l'un d'entre eux aurait pu être satisfait ce matin.

Personne ne vient dans un endroit pareil s'il veut de la compagnie.

Fuyait-il ? Se cachait-il ? Y avait-il vraiment une différence ?

Plus que jamais, elle voulait connaître l'homme sous la carapace. Et elle voulait qu'il l'embrasse à nouveau.

~

HARRISON ASPIRA des bouffées d'air brûlant hivernal, dans l'espoir de s'éclaircir les idées et d'effacer la vision de ces bleus. Mais l'image de ces taches de couleur livide sur la peau pâle d'Ivy était gravée dans son cerveau. Était-ce lui qui les lui avait infligées ?

Il se frotta la tête de ses mains nues. Il s'était inquiété de sa trique gênante, il avait craint de la peloter, de l'attaquer dans son sommeil. Puis il s'était retrouvé derrière les lignes ennemies, quelqu'un avait essayé de l'étrangler. Il avait réagi, pris le contrôle, neutralisé la menace. Alors, inexplicablement, le rêve était devenu Ivy, chaude et consentante contre lui. Et c'était tellement mieux que ce qui avait précédé qu'il avait suivi le mouvement, cédant à toutes ses envies de la toucher, de la goûter et de s'approprier d'elle. Elle dégageait une chaleur humide, avec des muscles souples sous une peau douce.

Et puis il s'était réveillé - parce qu'arracher le haut d'une femme est le genre de truc qui réveille un homme - et il s'était retrouvé en train de l'agresser, d'envahir son espace, sans aucun souvenir d'un quelconque consentement.

Bon sang, qu'est-ce qu'il pourrait bien lui dire ? Comment pourrait-il s'excuser d'avoir posé les mains sur elle ? Il les regarda, grandes et fortes, sachant de quoi elles étaient capables, ce qu'elles avaient fait. Il était un mec costaud et très entraîné. Elle n'aurait jamais pu l'arrêter s'il ne le lui avait pas permis, et il avait été trop perdu dans ses pensées, trop plongé dans son rêve pour savoir avec certitude si elle s'était défendue. Et si elle l'avait fait sans qu'il s'en aperçoive ?

Cette idée le rendait malade. Jamais de sa vie, il n'avait levé la main sur une femme, jamais il n'avait profité de la situation. La honte irradiait tout son corps, couvert de sueur malgré les températures glaciales. Elle lui avait fait confiance et c'était ainsi qu'il la remerciait ?

Et si elle avait peur de lui ?

Dans ce cas, il était hors de question qu'elle souhaite rester seule avec lui. Mais le chemin qui menait à la Jeep était recouvert d'une quinzaine de centimètres de neige, et l'allée était entièrement cachée. Même si les températures augmentaient suffisamment aujourd'hui pour faire fondre le manteau de neige accumulé, remonter la pente jusqu'à la route allait être compliqué, et pas nécessairement sans danger. Mais si Ivy voulait partir, il trouverait une solution. C'était le moins qu'il puisse faire.

Ramassant des bûches, il se promit de lui donner tout l'espace dont elle aurait besoin. Retournant à l'intérieur, il se prépara à lui faire face, s'attendant quelque peu à la trouver barricadée dans la salle de bain ou dans un coin de la pièce, brandissant son couteau de combat. Il ne lui en tiendrait pas rigueur.

Mais elle était dans la cuisine, vêtue d'un jean et d'une sorte de pull à ceinture. Ses cheveux étaient coiffés en arrière en une tresse lâche qui tombait sur une épaule, tandis qu'elle réunissait les ingrédients pour le petit-déjeuner. Elle lui jeta un coup d'œil, mais ne dit rien quand il se dirigea vers la cheminée et commença à disposer méthodiquement des bûches sur les cendres du feu de la nuit précédente.

Il fallait qu'il en finisse rapidement. Comme on arrache un sparadrap.

— Je suis désolé.

— Ce n'est pas grave.

Ses mots banals le blessèrent. Rien de tout cela n'était pas grave, et il ne méritait pas qu'elle minimise la situation.

— C'est grave, Ivy. Je n'aurais jamais dû poser les mains sur vous. Je n'avais pas le droit de vous toucher, pas le droit de vous forcer à faire quoi que ce soit.

Il baissa la tête, souhaitant se faire tout petit.

— On peut difficilement dire que vous m'avez forcée alors que c'est moi qui vous ai embrassé en premier.

Sous le choc, il releva la tête et lui fit face.

— Quoi ?

Elle croisa les bras.

— Vous dormiez profondément. D'ailleurs, vous êtes un gros voleur de couvertures. J'essayais d'en récupérer un peu et je crois que je vous ai surpris. Vous avez réagi à ce qui, selon vous, était en train de se produire et vous m'avez plaquée. Je vous ai appelé par votre nom mais vous ne répondiez pas, alors je vous ai embrassé pour essayer de vous réveiller.

Harrison rembobina les événements dans sa tête. Peut-être qu'elle ne s'était pas défendue contre lui, après tout. Ses jambes étaient enroulées autour de ses hanches, non pas comme si elle avait essayé de le repousser, mais comme si elle avait voulu l'attirer à elle. Il essaya de se rappeler le visage d'Ivy au moment où il s'était réveillé, essayant de déceler s'il reflétait la peur. Mais tout ce dont il se souvenait, c'était du désir. Tout cela semblait lui plaire, lui-même semblait lui plaire.

Réalisant que ce qu'il avait pris pour un tournant dans son rêve était, en fait, la réalité, il ferma les yeux et se passa une main sur le visage.

— Et au lieu de rester dans les parages et de faire face à la situation, j'ai paniqué et j'ai déguerpi - qu'est-ce qu'elle avait dû ressentir ? - bon sang, Ivy, je suis vraiment désolé. Je n'ai aucune excuse - comment pouvait-il admettre qu'il était ce type lâche, détraqué et foireux ? – je...

— Dois-je t'embrasser à nouveau pour te faire taire ?

Sa question agacée stoppa net le flot de paroles qui sortait de la bouche de Harrison.

— Quoi ?

Elle arqua un sourcil.

— Eh bien, ça a marché la première fois. Arrête de t'excuser et de t'autoflageller. Tu crois que tu m'as attaquée dans ton sommeil, que tu m'as plaquée au sol et que tu m'as agressée contre ma volonté. Ce n'est pas le cas, et je n'ai pas peur de toi. En fait, ce serait plutôt moi la dévergondée, pour m'être enroulée autour de toi comme du kudzu alors que tu n'étais même pas conscient.

— Chèvrefeuille.

— Hein ?

— Tu es un chèvrefeuille, pas un kudzu, et certainement pas une dévergondée - le soulagement de voir qu'il n'était pas, lui non plus, un débauché se mêlait au regret de ce qui aurait pu se passer s'il n'avait pas réagi - quoi qu'il en soit, je suis désolé d'avoir rendu la situation gênante...euh, enfin encore plus gênante.

— Pour info, ça m'a plu de t'embrasser. Beaucoup. Sentir tes mains sur moi m'a plu. Énormément. Ça ne me dérangerait pas qu'on remette ça.

La bouche de Harrison était devenue sèche : il avait bien l'impression qu'elle lui donnait le feu vert et ses mains frétillaient d'envie de reprendre là où elles s'étaient arrêtées. Il secoua la tête, ayant besoin de mettre un peu de distance entre eux pour ne pas sauter par-dessus le canapé et la prendre au mot.

— Ce doit être le syndrome de Stockholm.

Ivy leva les yeux au ciel.

— Ce n'est pas le syndrome de Stockholm. C'est une cohabitation forcée.

— Une quoi ?

— La cohabitation forcée est une formule très appréciée, dans laquelle deux personnes sont obligées de partager un espace de vie, ce qui conduit à toutes sortes de micmacs sexy. Je croyais que tu étais un lecteur assidu.

— Peut-être que j'ai besoin de sortir de ma zone de confort.

Elle le fixa de son regard vert argenté.

— Peut-être que c'est exactement ce dont tu as besoin.

Sur cette déclaration provocante, elle lui tourna le dos et se retrancha dans la cuisine.

8

Beau travail, Ivy. S'il fallait que l'Univers t'envoie une preuve supplémentaire pour confirmer que tu avais fait le bon choix en t'abstenant d'écrire de la romance, elle était là. Et maintenant, grâce à toi, le restant du temps que nous allons passer confinés ensemble sera embarrassant au plus haut point.

Qu'était-elle censée faire à présent ? Ignorer le gorille de trois tonnes dans la pièce ? Celui qui portait un T-shirt « Tu t'es plantée » et la pointait du doigt en rigolant ?

Continuer comme si de rien n'était, c'était la meilleure attitude. Comme cela faisait des mois qu'elle était capitaine de l'équipe américaine de Déni, cela ne devrait pas lui poser trop de problèmes.

Le temps que Harrison ravive le feu (ce qui semblait lui prendre cinquante fois plus de temps ce matin... Parce qu'il l'évitait peut-être ? Mais nooon, qu'est-ce qui lui faisait dire ça ?). Le temps qu'il le fasse, donc, elle avait préparé une montagne de pain perdu et improvisé un système pour faire du café, parce qu'il était tout simplement hors de question qu'elle l'affronte à nouveau sans sa dose de caféine. Elle envisagea un court instant d'être vraiment lâche et mesquine et d'emporter son petit-déjeuner sur la mezzanine pour le manger seule. Mais à part dans la salle de bain, il n'y avait pas de vrais murs dans toute la cabane, alors à quoi cela servirait-il si ce n'est à souligner la distance entre eux ? Redressant les épaules, elle porta le plateau de pain perdu jusqu'à la table et mit le couvert pour deux. Qu'il décide ou non de manger, elle n'allait pas gâcher ce petit-déjeuner.

S'asseyant avec son café, Ivy mit quelques tranches dans son assiette. Elle sentait les yeux de Harrison braqués sur elle, de l'autre côté de la pièce. Une certaine irritation commença à poindre, prenant le pas sur la gêne qu'elle ressentait, mais elle n'en laissa rien paraître. Elle ne pouvait s'en prendre qu'à elle. C'était elle qui avait rendu la situation bizarre. « *Pour info...* » Argh ! Elle devait sembler détendue et normale, autrement le malaise qui s'était installé entre eux ne ferait que s'exacerber, et il était déjà gros comme la statue de la Liberté.

—Viens manger pendant que c'est chaud.

Il traversa la pièce de manière beaucoup plus silencieuse qu'un homme de sa taille n'aurait dû le faire. En sourdine, il s'installa sur la chaise en face d'elle, son regard passant de son visage à la nourriture.

—Ça a l'air bon.

— J'en ai fait trop. Mais on devrait pouvoir réchauffer les restes au four plus tard.

Il remplit son assiette et ils se mirent à manger, le silence retombant entre eux. Ivy se concentra sur son assiette et sur la boisson salvatrice qu'elle avait réussi à préparer. Le café, même une espèce de café infusé préparé à la MacGuyver, rendait tout meilleur. Tandis que la caféine commençait à produire son effet, elle tenta de surmonter sa gêne et d'étudier de plus près l'homme assis en face d'elle. Mais elle ne parvint qu'à lancer de rapides coups d'œil dans sa direction, qui à chaque fois le révélaient absorbé à manger avec une concentration sans faille, ce qui témoignait sans doute plus de sa propension à éviter les situation gênantes que des talents culinaires d'Ivy. Elle détestait le fait que leur convivialité ait été gâchée et se demandait si elle ne devrait pas tout simplement évoquer la possibilité de partir pour la ville aujourd'hui, dès que les conditions le permettraient.

— J'ai eu une idée pour résoudre ton problème d'intrigue.

Arrachée à ses pensées, Ivy leva son regard vers celui de Harrison.

— Comment ?

— Tu as bien dit qu'ils voulaient une série spin-off sur Michael ?

C'est donc de ses livres maintenant qu'ils allaient parler ? Bon, d'accord, elle allait accepter ce rameau d'olivier qu'il lui offrait.

— Oui.

— Mais seul, il n'est pas très intéressant. Il est trop renfermé sur lui-même. On sait qu'il a traversé des moments difficiles, comme tous les autres, mais il donne l'impression d'avoir maîtrisé tous ses problèmes. Ça ne fait pas de lui un personnage captivant qu'on a envie de suivre pendant encore plusieurs romans.

— Il est chiant.

Son jugement aurait peut-être dû la vexer, mais elle ne pouvait s'empêcher d'être d'accord avec lui.

— Il n'est pas chiant. C'est juste que ce n'est pas le choix le plus évident parce qu'on ne voit pas où l'arc narratif de son personnage pourrait le mener. On ne voit pas comment il pourrait évoluer, ou ce qu'il a besoin d'apprendre.

Ivy posa sa fourchette et entoura sa tasse encore chaude de ses deux mains, tandis que son cerveau s'imprégnait du problème.

— *Oui.* J'ai retourné Michael dans tous les sens, en essayant de comprendre quel était son objectif, ce qui le motivait. En vain. Parce qu'il n'y a rien. Contrairement à Sloan. Il n'a pas l'esprit d'équipe, c'est pour ça qu'il est parti.

Le malaise s'estompa tandis qu'une lueur d'intérêt pointait dans les yeux de Harrison.

— C'est vraiment pour cette raison ? Ou c'est parce que quelqu'un d'autre dans l'équipe ravivait de vieilles blessures en lui ? Quelqu'un qui a traversé les mêmes choses que lui, qui est passé par le même genre d'épreuves sombres mais qui n'en est pas sorti. Quelqu'un à qui il refuse de s'attacher pour ne pas avoir à baisser un peu la garde et réexaminer sa propre douleur afin de l'aider, elle, à trouver sa voie.

— Elle ? Tu parles d'Annika ?

Il acquiesça.

— Je pense qu'en réalité Michael est parti parce qu'il ne pouvait pas supporter d'être près d'elle. Parce que ses démons à elle, quels qu'ils fussent, était trop similaires aux siens. Et il a trouvé la parade en s'interdisant de s'attacher à elle. En s'endurcissant. C'était difficile pour lui, ne serait-ce que se trouver dans le même lieu qu'elle. Alors quel meilleur moyen d'introduire un conflit que de les lancer tous les deux ensemble sur une affaire ou une mission de longue durée où ils ne pourraient pas se dérober l'un à l'autre parce que c'est leur boulot ?

Parlaient-ils encore simplement de son livre ? Ivy n'en était pas sûre. Mais cela la fit réfléchir.

— Il lui faut un faire-valoir à sa mesure. Les protagonistes en ont toujours besoin, mais dans le passé, je me suis toujours servie d'un antagoniste pour cela. Il ne m'était pas venu à l'esprit d'utiliser un personnage considéré comme l'un des « gentils ».

— Si tes personnages sont si intéressants, c'est en partie parce qu'ils ne sont pas bons ou mauvais. Ils sont complexes. Annika est explosive. Elle maîtrise tout, jusqu'à ce que ce qu'elle parte en vrille. Tu n'as jamais expliqué pourquoi, et en tant que lecteur, je me suis toujours demandé quel était son secret. Elle ne l'a jamais dit, ou j'imagine que tu ne l'as pas dit, mais on a toujours eu l'impression qu'elle avait fait quelque chose qui l'avait amenée à se demander si elle faisait *vraiment* partie des gentils. La sensation que sa véritable motivation pour faire partie de l'équipe était de se racheter pour… quoi que ce fût qu'elle ne voulait raconter à personne.

Ivy ne lui avoua pas qu'Annika avait gardé son secret parce qu'elle-même, l'auteure, ne le connaissait pas. Il ne semblait pas pertinent de le préciser dans le livre où ce personnage était apparu, et Ivy n'avait donc pas approfondi la question. Elle n'est pas sûre de devoir le faire à présent…

Mais Harrison avait entrevu quelque chose dans son personnage. Il avait parlé de rachat, d'Annika qui se demandait si elle faisait partie des gentils. Était-il en train de s'identifier à elle ?

Ivy réfléchit à ce qu'elle savait de lui, ce qu'il lui avait dit et ce qu'elle avait conjecturé. Il avait fait partie des forces spéciales, avait quitté l'armée depuis quelques années. Lui-même avait raconté qu'il était venu ici pour échapper à quelque chose et qu'elle, Ivy, était une distraction bienvenue pour lui. Elle avait vu de ses propres yeux qu'il pouvait encore se perdre dans le passé. Il s'était confondu en excuses lorsqu'il pensait l'avoir blessée ou avoir profité d'elle lorsqu'il était dans cet état. Son sens de l'honneur était remarquable, c'était évident, et pourtant il n'était pas prêt à le reconnaître. Il n'avait pas voulu de remerciements ou d'éloges pour la manière dont il l'avait sauvée, et ne se considérait manifestement pas comme un héros.

Elle pressentait qu'il avait perdu quelqu'un dans son équipe ou sous son commandement. Peut-être les deux. Que ce soit à cause de mauvais renseignements, d'un accident ou simplement des réalités de la bataille, peu importait. Il était du genre à s'en vouloir dans tous les cas. Ce devait être un sacré poids à porter, et cela expliquait de manière logique pourquoi il s'était coupé du monde. Il ne se sentait pas capable d'être responsable de quelqu'un d'autre. Et peut-être bien que s'il n'avait pas réagi, c'était plus parce qu'il ne croyait pas mériter qu'il lui arrive de belles choses dans sa vie, que parce qu'il avait été scandalisé par le comportement direct d'Ivy.

Alors comment pouvait-elle l'aider à comprendre qu'il avait tort ?

— Le secret qu'Annika a si farouchement gardé, et qui devrait être révélé au cours de la série, est lié à la manière dont sa dernière équipe a péri. Elle porte en elle toute cette culpabilité du survivant, et cela la consume à petit feu. Ce qu'elle devra apprendre au fur et à mesure de la série, c'est que ces choses-là arrivent. Surtout en temps de guerre. Elle n'aurait rien pu faire, et ce n'était pas sa faute.

— Comment va-t-elle le comprendre ?

La voix de Harrison se fêla, et il sembla presque surpris d'avoir posé la question.

Ce simple fait fit comprendre à Ivy que son jugement n'était pas loin du compte, elle choisit donc les mots qui suivirent avec soin, tentant de découvrir ce qu'il avait besoin d'entendre.

— Je ne sais pas encore. Mais sa nouvelle équipe pourrait peut-être l'aider. Michael aussi pourrait l'aider. Parce que, tu as raison, il a réussi à maîtriser ses problèmes. Il serait potentiellement un bon guide pour elle, si elle s'ouvrait à lui et écoutait tout ce qu'il avait à lui dire. Mais le fait de s'isoler, de se fermer à la vie, n'a rien arrangé. L'autre possibilité qu'elle ait est d'évaluer les opportunités qui s'offrent à elle et de choisir résolument la vie, choisir l'engagement, choisir les sentiments.

La gorge de Harrison se noua et ses yeux sombres fixèrent les siens avec une expression qu'elle peinait à déchiffrer.

— Même si c'est lorsqu'elle choisit les sentiments qu'elle devient téméraire ?

Ivy se demanda à nouveau s'il parlait toujours du livre.

— Ce ne sont pas les sentiments qui la rendent téméraire.

C'est le fait de ne pas se laisser aller à les éprouver. Parce qu'en s'enfermant sur elle-même, tout ce qui bouillonne en elle se gangrène, plutôt que de saigner librement. C'est cette accumulation qui provoque ses crises.

Au moment même où elle prononça ses mots, elle sut que c'était vrai. Pour Annika, et probablement pour Harrison aussi. Elle poursuivit.

— Certaines blessures peuvent être rangées et oubliées, et elles s'estomperont avec le temps. D'autres deviennent comme des animaux en cage qui font encore plus de dégâts, qui deviennent d'autant plus féroces qu'ils sont ignorés. Elle devra finalement les exposer au grand jour et travailler sur elle-même pour les surmonter, si elle veut avoir une chance de se sentir elle-même à nouveau.

Du cerveau d'Ivy, pour la première fois depuis des lustres, jaillissaient des étincelles de créativité, et elle commença à voir la tournure que tout cela pouvait prendre. Annika mettrait Michael au défi et lui, à son tour, l'apaiserait. Ensemble, ils seraient plus forts que chacun isolément...

— Peut-être qu'elle ne se sentira plus jamais elle-même. Il parlait d'une voix grave et l'expression tourmentée de ses yeux la toucha plus profondément qu'aucun contact physique ne le pourrait jamais.

Il était clair à présent qu'ils ne parlaient pas d'Annika, elle mit donc de côté les frémissements de l'intrigue pour se concentrer sur lui.

— Elle ne le saura pas tant qu'elle n'aura pas essayé.

Ivy avait envie de tendre la main et de le toucher, en signe de soutien, de connexion humaine. Mais elle ignorait comment il réagirait si elle sortait de la métaphore du livre. Il s'agissait de sa vérité, du fardeau qu'il traînait, et c'était éminemment personnel.

Ses longs cils sombres s'abaissèrent, chassant ses pensées.

Lorsqu'il rouvrit les yeux, il avait bloqué toutes les émotions que leur discussion avait pu susciter en lui.

— Eh bien, il semble que tu doives lui confier une mission qui lui permettra de surmonter sa résistance initiale.

Sentant que Harrison avait atteint une sorte de limite, Ivy tourna son esprit vers le livre et les notes qu'elle avait dictées, où Annika avait été envoyée à la poursuite de Michael pour le recruter... Peut-être y avait-il déjà quelque chose d'enfoui dans son subconscient d'auteure dès le départ. Son cerveau retourna les nouvelles pièces du puzzle dans tous les sens, utilisant le point de vue d'Annika au lieu de celui de Michael, et elle eut enfin un déclic. Pour la première fois depuis longtemps, elle avait envie d'écrire.

— Je crois que tu viens de me donner une idée.

Les coins de la bouche de Harrison se relevèrent en un sourire à peine esquissé, tandis qu'il s'éloignait de la table.

— Va écrire pendant que ça mijote. Je vais essayer de régler le problème du générateur.

Cette fois-ci, lorsqu'il s'en alla, ce ne fut pas dans l'intention de vouloir l'exclure. C'était plus une pause naturelle, pour les laisser respirer tous les deux. Peut-être qu'au final, tout irait bien. Et peut-être qu'avant la fin de leur séjour ensemble, elle l'aiderait à trouver les réponses dont il avait besoin.

C'est dans cet esprit qu'elle ouvrit son ordinateur portable et commença à taper sur son clavier.

Harrison se fraya un chemin dans la neige jusqu'à l'appentis, encore sous le choc. Il avait voulu faire de cette conversation un simple brainstorming. Un moyen pour eux de revenir à un certain équilibre avant de passer à l'étape suivante, lorsqu'elle lui demanderait « Quand allez-vous pouvoir me faire sortir d'ici ? ». Mais le tout avait pris une tournure intensément personnelle. Il ne pouvait s'en prendre qu'à lui-même. C'était lui qui avait mis en avant le personnage d'Annika. Il l'avait fait parce qu'il connaissait bien cet état explosif. Il avait été le sien pendant deux ans après avoir quitté l'armée. Et apparemment, il l'était toujours. En tant que lecteur, il voulait voir Annika passer de l'autre côté parce qu'il avait besoin des mêmes réponses qu'elle.

« Le secret qu'Annika a si farouchement gardé, et qui devrait être révélé au cours de la série, est lié à la manière dont sa dernière équipe a péri. Elle porte en elle toute cette culpabilité du survivant, et cela la consume à petit feu. Ce qu'elle devra apprendre au fur et à mesure de la série, c'est que ces choses-là arrivent. Surtout en temps de guerre. Elle n'aurait rien pu faire, et ce n'était pas sa faute. »

Tandis qu'il s'affairait à réparer le générateur, il se demandait s'il s'agissait vraiment du secret d'Annika. Ou bien si Ivy, la profileuse, s'était mise à l'analyser, comme elle l'aurait fait d'un personnage de ses livres. La culpabilité du survivant était une réalité dans l'armée. Des gens mouraient à la guerre. Et les rescapés étaient condamnés à lutter contre cette culpabilité. Des gens comme Ty. Comme lui-même. C'était le poids de ces souvenirs, cette seule et unique décision, qui l'avait conduit ici. Et mis sur le chemin d'Ivy. Il ne croyait pas au destin. Il avait vu trop de choses qui défiaient toute forme de prédétermination. Et pourtant, elle était là, et lui tendait la main pour lui offrir un contact, un conseil : se renfermer sur soi-même ne servait à rien.

Enfin, c'était un conseil destiné à Annika, mais il avait bien conscience que ni l'un ni l'autre ne parlait du personnage, à la fin de la conversation.

Harrison n'était pas sûr de savoir à quoi s'en tenir, avec tout ça.

Se rendant compte que le générateur n'était pas alimenté en carburant, il retourna péniblement à sa Jeep pour récupérer quelques outils. Le ciel du matin était couvert, et il était prêt à parier qu'il restait de la neige dans les nuages. Ce qui signifiait qu'ils ne pourraient probablement aller nulle part. En tout cas, pas facilement. De toute façon, il faudrait sans doute un certain temps avant que le courant ne soit rétabli, un générateur en état de marche était donc nécessaire, ne serait-ce que pour lui. Il allait démonter la pompe à carburant pour voir si le problème venait juste des câbles encrassés ou si l'appareil était vraiment mort. S'il était foutu, il pourrait peut-être en acheter une autre en ville en raccompagnant Ivy.

Il aurait dû évoquer la possibilité de la ramener en ville, lui proposer d'essayer, ou au moins s'excuser de ne pas pouvoir le faire. Mais il n'avait aucune envie d'aborder le sujet. C'était vraiment égoïste de sa part. D'une façon ou d'une autre, c'était lui qui avait merdé ce matin. Non seulement il lui avait laissé porter une part du blâme, mais lorsqu'elle avait quasiment dit « Remettons ça », il l'avait laissée en plan. Il avait de bonnes raisons pour garder ses distances : c'était un mauvais plan. Mais il aurait pu dire ça, au lieu de... rien du tout.

Putain, je suis vraiment nul.

Pas étonnant. Il était un homme brisé. Il le savait depuis longtemps.

« Certaines blessures peuvent être rangées et oubliées, et elles s'estomperont avec le temps. D'autres deviennent comme des animaux en cage qui font encore plus de dégâts, qui deviennent d'autant plus féroces qu'ils sont ignorés. Elle devra finalement les exposer au grand jour et travailler sur elle-même pour les surmonter, si elle veut avoir une chance de se sentir elle-même à nouveau. »

C'est ce qu'il pensait avoir fait. En évacuant tous ses souvenirs au travers d'une œuvre de fiction, où il avait mis en scène des millions de scénarios alternatifs qui l'avaient tourmenté au cours des trois dernières années, tout ce qui aurait pu se passer autrement si... Que dirait Ivy s'il lui racontait qu'il était écrivain, lui aussi ? Il était loin d'être au même niveau qu'elle, mais ses romans de science-fiction militaire auto-édités avaient trouvé un public de niche et remporté un certain succès. Plus surprenant encore, cela lui avait permis de gagner sa vie de façon inattendue et d'emprunter la cabane d'un ami juste pour s'y morfondre pendant une semaine. Mais il n'y exorcisait pas ses démons. Il ne faisait que les revivre encore et encore, en leur ajoutant sabres lasers et technologies spatiales prodigieuses. Il pensait avoir tourné la page, mais l'enterrement de Garrett où il avait vu Ty déchiré par la culpabilité avait tout fait remonter à la surface.

Alors, quelle était la réponse ?

Nettoyant la poussière du câble d'alimentation, il se mit à réassembler la pompe à carburant.

« L'autre possibilité qu'elle ait est d'évaluer les opportunités qui s'offrent à elle et de choisir résolument la vie, choisir l'engagement, choisir les sentiments. »

Mais comment est-ce qu'on y arrivait ? Est-ce que cela signifiait vraiment de choisir de créer des liens réels avec Ivy ? D'accepter son offre ?

Bon Dieu, ses mains le démangeaient à l'idée de la toucher encore, de remplir ses paumes de ses seins et de sentir la chaleur qu'elle irradiait, pressée contre lui. Son sang afflua vers son entrejambe alors qu'il imaginait finir ce qu'ils avaient commencé, la dénuder pour pouvoir goûter chaque centimètre carré de son corps avant de s'enfouir dans toute cette chaleur humide.

Les vis lui glissèrent des mains. Poussant un juron, il se pencha pour les chercher dans la neige.

Il fallait qu'il réfrène ses ardeurs. Pas tant parce qu'il ne croyait pas qu'elle ait envie de lui. Elle avait été assez claire à ce sujet. Mais la choisir, choisir d'être intime avec elle (après leur conversation, il ne se faisait aucune illusion, c'était purement sexuel), était-ce réellement un pas dans la bonne direction ? Ou s'agissait-il encore d'une distraction pour échapper à la douleur de vivre ?

Qu'importait. Il la désirait. Elle le désirait. L'équation devrait être facile à résoudre. Mais, il s'en doutait bien, rien ne serait simple avec Ivy.

Il réinstalla la pompe à essence sans autre incident. Un, deux, trois coups de manivelle et le moteur se mit à vrombir. Au moins, il savait comment réparer certaines choses.

Rangeant ses outils, Harrison retourna à l'intérieur, redoutant l'inévitable question : quand pourrait-il la ramener en ville pour qu'elle puisse reprendre le voyage qu'elle avait réellement programmé.

Ivy était assise dans le fauteuil au coin du feu, ses doigts voletant sur l'ordinateur portable posé sur ses jambes. Absorbée par sa tâche, elle ne sembla même pas le remarquer. Elle était à fond dedans. Soulagé, de façon assez ridicule, de ne pas avoir à affronter la question de comment la raccompagner, pour l'instant en tout cas, il la laissa tranquille, profitant de l'occasion pour se laver un peu afin de ne pas sentir l'essence à plein nez.

Elle avait toujours la tête baissée lorsqu'il revint. Quelques mèches de cheveux s'étaient échappées de son chignon désordonné pour effleurer sa joue, mais elle ne semblait pas s'en apercevoir, tandis que ses doigts couraient sur les touches. Il avait l'impression qu'une bombe aurait pu exploser à proximité sans qu'elle s'en aperçoive. Sentant une affinité avec elle, il esquissa un sourire. Ce niveau d'immersion lui était familier, il comprenait ce que cela représentait pour elle, pour sa carrière, et peut-être plus encore pour sa santé mentale. Le barrage avait été brisé et elle devait maintenant surfer sur la vague de la créativité, aussi loin qu'elle l'emmènerait.

Vole, petit oiseau, vole.

Il voulait la garder ici. Protéger cette petite oasis pour elle, même si elle-même ne pouvait ou ne voulait pas le faire.

Bien sûr. Parce que c'est uniquement pour elle que tu fais ça, et pas du tout parce que dès qu'elle sortira de ta vie, tout redeviendra gris.

Mal à l'aise avec cette idée et réalisant qu'il était en train de la dévisager, il se dirigea sans bruit vers la cuisine. Il allait préparer du café et s'installer confortablement avec un bouquin.

Ivy ne bougea pas d'un pouce jusqu'à ce qu'il pose une tasse sur la petite table près de sa chaise. Son nez tressaillit et elle releva la tête.

— Du café ?

Son ton plein d'espoir le fit sourire.

— J'ai pensé que tu voudrais peut-être une autre tasse.

Perdant un peu son expression absente, elle revint pleinement au présent.

— Nous avons du courant !

— Oui. J'en déduis que le livre, ou le plan, ou quoi que ce soit d'autre, avance bien ?

Elle posa l'ordinateur portable sur la table basse et se leva, grimaçant un peu en dépliant ses jambes.

— Absolument ! J'ai une *intrigue*, Harrison. Une vraie intrigue, une bonne vieille intrigue, pas totalement merdique. Ou une bonne partie, en tout cas. J'ai trouvé tous les éléments importants et les arcs narratifs des deux personnages ont sacrément bien démarré.

— Deux ?

Ses paroles jaillirent en un flot effréné et enthousiaste.

— Il faut que je raconte l'histoire d'Annika en même temps que celle de Michael. Parce qu'elles sont inextricablement liées. Je ne m'en étais pas rendu compte avant. Je l'avais laissé tout seul et je n'arrivais à rien, mais maintenant si. Elle a besoin de lui. Et il changera pour elle. Elle est la seule à pouvoir le faire, et je m'en aperçois enfin grâce à *toi*, tu es génial !

Les yeux brillants d'excitation, elle se leva d'un bond, passa ses bras autour de son cou et déposa un smack, sur sa bouche.

Ce fut rapide, amical, et elle recula presque aussitôt. Mais ce fut suffisant pour que sa saveur fasse l'effet d'une drogue à Harrison. Elle rougit et ses yeux verts argentés se teignirent de désarroi.

Il détesta cette réaction, il détesta qu'à cause de lui, elle eût un moment de gêne alors qu'elle partageait son enthousiasme. Il détestait l'idée d'avoir fait quoi que ce soit pour lui faire perdre cet élan créatif.

— Je suis désolée. Je ne voulais pas...

Elle s'interrompit lorsqu'il glissa une main dans ses cheveux.

— Non, c'est moi qui suis désolé - il passa un pouce sur sa lèvre inférieure et observa la détresse se fondre en un désir confus - j'ai tout gâché. Mais je peux faire mieux. Je ferai mieux, si tu me laisses faire - s'avançant vers elle, il approcha sa bouche jusqu'à ce qu'elle soit à un souffle de la sienne - dis-moi d'arrêter, et je le ferai.

— Ne t'arrête pas.

Sa réponse chuchotée frôla ses lèvres et tout ce qu'il put faire fut combler cette ultime distance qui les séparait.

9

La réponse murmurée par Ivy et son soupir eurent un effet explosif sur Harrison.

Il ne se souvenait pas de l'avoir embrassée ce matin. Pas vraiment. Il avait l'esprit confus, encore à moitié plongé dans son rêve. Mais il se souviendrait de ce baiser. L'abandon progressif d'Ivy tandis qu'elle fondait en lui, ses mains s'accrochant à sa chemise, la soie de ses cheveux entre ses doigts.

Il voulait qu'elle s'en souvienne aussi, alors il prit son temps, explorant ses lèvres et s'imprégnant de chaque petite nuance. Alors qu'il traçait le contour de sa bouche, elle s'ouvrit à lui, inclinant instantanément la tête pour l'embrasser plus profondément. Son acceptation rapide mit sa patience à rude épreuve, mais il continua à la déguster, à la savourer, à s'imprégner de son goût. Elle était si douce, si... ouverte. Il pourrait s'enivrer rien qu'en l'embrassant.

Il sentait le pouls de la jeune femme battre dans sa gorge, contre son pouce, lançant au galop les battements de son propre cœur. Mais il réussit tout de même à se maîtriser. S'ils devaient le faire, il voulait prendre son temps. Il ferait en sorte que ce soit bon pour elle. Que cela vaille le coup de lui donner sa chance.

Se hissant sur la pointe des pieds, Ivy se pressa plus fermement contre lui. Elle sentait son érection frôler son ventre. Elle était petite. Trop petite pour qu'ils puissent s'aligner facilement en position debout. À l'aveuglette, il les guida tous les deux vers le canapé, priant pour ne pas heurter la table et renverser le café. Se cognant brusquement contre le canapé, il s'y assit en tombant, ce qui eut pour effet d'interrompre étreinte. Ivy le suivit, retrouvant sa bouche comme un missile à tête chercheuse tout en se mettant à califourchon sur ses genoux, tout contre le renflement de son jean.

Harrison gémit, passant ses mains dans le dos et les cheveux d'Ivy.

— Trop de vêtements, se plaignit-elle.

— Un peu de patience !

Ses mains se dirigèrent vers la ceinture de son pull, pour en défaire le nœud.

Faisant preuve de beaucoup moins de retenue, elle dégagea sa chemise en flanelle par ses épaules, grommelant un peu lorsque celle-ci se coinça, ce qui eut un effet direct sur la queue de Harrison. Il ne put s'empêcher de serrer Ivy contre lui et de se fondre dans sa chaleur, qui les mettait tous deux au supplice. Elle plongea sa langue dans sa bouche, tout en tirant sur son T-shirt à lui, à la recherche de sa peau. Plus qu'heureux de coopérer, il interrompit le baiser et retira le T-shirt d'un coup sec.

Les pupilles d'Ivy engloutirent presque le vert de ses yeux lorsque son regard se posa sur lui. Elle inspira lentement.

— Je n'avais pas eu l'occasion d'apprécier tout à l'heure - elle fit glisser un doigt le long de son épaule, puis vers un de ses pectoraux, cerclant son mamelon - Dieu était de très, très bonne humeur lorsqu'il t'a créé.

— Je suis à peu près sûr que c'était l'armée américaine.

— Dieu bénisse l'Amérique.

Sa bouche retourna sur la sienne, avide et sans retenue, tandis que ses mains parcouraient son torse et ses épaules.

Il adora chaque seconde.

Passant les mains sous son haut, il caressa de ses doigts son dos, ses côtes, et remonta, jusqu'à placer ses mains sur ses seins. Poussant un gémissement, Ivy se cambra, ses mamelons devenant durs comme des perles. Il voulait les goûter, les voir, mais se contenta pour l'instant d'explorer par le toucher, d'observer comment elle réagissait tandis qu'il baissait les bonnets de son soutien-gorge et faisait glisser ses doigts rugueux sur sa peau délicate.

— Plus, encore. Beaucoup, beaucoup plus.

Comme pour l'aider à prendre cette décision, elle saisit le bord de son haut et l'enleva.

La vue des ecchymoses livides le frappa à nouveau de plein fouet. Elles allaient de l'épaule gauche à la hanche droite, montrant clairement l'endroit où elle avait été projetée contre la ceinture de sécurité. Ses mains s'immobilisèrent. Elle venait d'avoir un accident, hier. Mais qu'est-ce qu'il foutait ?

Ivy prit son visage dans sa main et le força à lever les yeux.

— Ça a l'air plus grave que ça ne l'est. Ça ne fait pas mal.

Il avait été contusionné un nombre incalculable de fois, d'innombrables façons. Il connaissait les étapes, le niveau de douleur associé à chacune d'entre elles. Il était absolument impossible que cela ne fasse pas mal.

— S'il te plaît, ne t'arrête pas.

Elle voulait continuer, elle le voulait, lui, et Dieu sait qu'il la voulait aussi. Alors il ne s'arrêterait pas, mais lui fallait trouver un peu de contrôle et de délicatesse pour poursuivre en douceur.

Se penchant en avant, Harrison déposa un doux baiser sur l'épaule de la jeune femme, à l'endroit où commençait la couleur violacée. Ivy en eut le souffle coupé, ses doigts s'enfoncèrent dans les cheveux de Harrison pour le retenir contre elle. Il traça le chemin de l'ecchymose avec sa bouche.

— Je n'ai jamais été fan de l'idée de faire des bisous sur des bobos pour que ça aille mieux, mais tu es en train de me faire changer d'avis.

Il sourit tout contre sa peau, s'attardant un instant entre ses seins pour dégrafer son soutien-gorge et l'enlever. Il dessina la courbe intérieure de chaque sein avec sa langue, il en voulait plus, il lui en fallait plus, mais il devait se retenir. Il avait une mission à accomplir à présent : faire oublier à Ivy qu'elle avait été blessée.

Levant la tête, il passa ses doigts dans son abondante chevelure brune.

— Allons là-haut.

Glissant de ses genoux, elle lui jeta un regard torride par-dessus son épaule en traversant la pièce. Harrison se dit qu'il la suivrait volontiers n'importe où. Il admirait le balancement de ses fesses tandis qu'elle le précédait dans l'escalier étroit et raide, et c'est sans doute pour cette raison qu'il ne remarqua pas le regain de tension d'Ivy.

Lorsqu'il entra dans la mezzanine, il la vit délibérément desserrer les doigts et redresser ses épaules voûtées, un rapide éclair d'incertitude faisant place au soulagement. Réaliser qu'elle avait pensé qu'il pourrait changer d'avis et faire à nouveau demi-tour, lui fit l'effet d'un coup de poing dans le ventre.

Bon Dieu, il avait vraiment été un abruti.

Voulant la mettre à l'aise, il mit ses mains autour de son visage et l'embrassa, longuement et profondément, jusqu'à ce qu'elle se détende contre lui, ses bras s'enroulant autour de sa taille.

— Ça va toujours ?

— Pourquoi ne sommes-nous pas encore nus ?

Ah, encore ce doux ton revendicatif.

Il retroussa les lèvres.

—Tu es pressée ?

—Un peu.

—Dommage. Pas moi.

Déterminé à se rattraper pour lui avoir donné une raison de douter de lui, il étouffa la protestation de la jeune femme avec un autre baiser destiné à lui faire oublier toutes ses récriminations.

La poussant doucement vers le lit, Harrison lui enleva avec efficacité ses chaussures et ses chaussettes. Au lieu de s'attaquer à son jean, il se mit à ramper sur le lit, le long de son corps, suffisamment près pour que les poils de son torse frôlent la peau sensible des seins d'Ivy. Elle hoqueta et se cambra contre lui, mettant son cou long et gracieux à portée de sa bouche pour qu'il s'en délecte.

Ivy renversa la tête en arrière lorsqu'il commença à explorer le côté de son cou.

—Ta peau contre la mienne, encore.

Harrison avait été soldat pendant de longues années. Il savait comment recevoir des ordres. Il fit glisser sa joue piquante sur la clavicule de la jeune femme.

— J'ai l'intention de goûter chaque centimètre de ta peau. Cela te convient-il ?

Tout le corps d'Ivy se crispa sous le sien, par anticipation.

— Vu ce que ta bouche m'a fait jusqu'à présent, je dirais bien que oui. Mais pour ta gouverne, sache que j'ai vraiment envie de sentir encore tes mains sur mon corps.

Il n'avait pas souvent l'occasion de penser à ses mains sous un jour positif. Tout ce qu'il avait fait avec elles dans l'exercice de ses fonctions... Harrison coupa court à cette pensée, levant les yeux vers ses mains qui encerclaient les poignets d'Ivy, et la maintenaient en place sans serrer. Si elle aimait l'idée de ses mains, il était plus qu'heureux de les utiliser à meilleur escient.

—Où ça ?

— Partout - souffla-t-elle.

Oh oui, ce petit jeu-là pouvait lui plaire.

— Et si on faisait les deux ?

— Oh oui, mon Dieu, s'il te plaît.

Il lui fit la totale - doigts, langue, dents, lèvres - jusqu'à ce que chaque centimètre exposé frémisse de désir et de sensation brute. Elle l'encouragea à chaque étape, lui disant exactement ce qu'elle aimait, ce qu'elle adorait, ce dont elle voulait plus. Alors, et alors seulement, il lui enleva son jean et sa culotte pour poursuivre son exploration minutieuse, remontant le long de ses jambes depuis ses chevilles délicates.

Alors qu'il commençait à caresser la peau douce de l'intérieur de sa cuisse, Ivy murmura.

— Je crois que je vais tout simplement me consumer si tu ne te dépêches pas de mettre cette bouche, là où j'en ai le plus envie.

Souriant à nouveau - il avait plus souri depuis que cette femme était entrée dans sa vie que pendant toute l'année écoulée - il demanda :

— Tu parles toujours autant pendant l'amour ?

— Quoi ? elle eut du mal à faire sortir le mot.

— Tu as une espèce de dialogue à sens unique depuis que nous nous sommes mis à l'œuvre.

— Ah bon ?

— Mmm.

Il déposa un baiser quelques centimètres plus haut.

Le corps d'Ivy se tendit.

— Enfant, j'étais somniloque. Je ne savais pas que j'étais aussi sexiloque.

S'en voulant de l'avoir embarrassée par inadvertance, il écarta doucement les genoux qu'elle avait commencé à resserrer pour pouvoir la regarder dans les yeux, au-dessus de son corps.

— J'aime savoir l'effet que je te fais.

La vulnérabilité sur le visage d'Ivy n'avait pas grand-chose à voir avec la position qu'il avait, entre ses jambes.

—Vraiment ?

— C'est incroyablement sexy. Et, pour info, tu ne mourras pas. Pas sous ma supervision.

—C'est bon à sav... oh *mon Dieu.*

Au premier contact de sa langue sur son sexe, elle se souleva du lit, les mains crispées sur les couvertures. Il se servit simplement de ses mains pour maintenir ses hanches en place tout en commençant à lécher et à sucer sa chair la plus sensible, jusqu'à ce que le seul mot qu'elle parvienne à prononcer soit son nom. Elle le hurla tandis que l'orgasme la submergeait.

Le meilleur son qui soit.

Alors qu'elle était à bout de souffle, Harrison remonta le long de son corps et attrapa l'un des préservatifs qui se trouvaient dans son portefeuille, sur la table de chevet.

—Tu as menti.

Comme elle prononçait ses mots sur le ton de la conversation et non de l'accusation, Harrison ne marqua pas de pause.

—À propos de quoi ?

— Je n'arrive pas à croire que je viens de vivre ça. C'était trop beau. Mais je suis contente que ça se soit terminé en apothéose.

Cette femme faisait du bien à son ego.

Avec un petit rire, Harrison se leva au-dessus d'elle, appréciant visage empourpré et comblé au milieu du lit froissé, et heureux de savoir qu'il en était à l'origine.

— Tu es une sacrée soprano, mais je pense qu'il est encore possible de trouver des traces de vie en toi.

Il caressa la pointe émoussée de son dard dans la moiteur de ses cuisses.

Déjà cambrée vers lui, Ivy se souleva pour effleurer ses lèvres.

— Un homme qui aime les défis, ça me plaît.

Harrison suivit la bouche d'Ivy et s'allongea, recouvrant son corps du sien tandis qu'il s'enfonçait en elle. Enroulant ses jambes autour de ses hanches, elle lui enfonça les talons dans les fesses, le poussant à pénétrer plus profondément en elle.

Putain, qu'elle se sentait bien.

Puis tout à coup, elle se tut. Merde.

— Tu ne parles plus. Tout va bien ? Je t'ai fait mal ?

Ivy mit ses mains autour de son visage, ses yeux cherchant... quoi au juste ?

Il ne put s'empêcher de lui caresser la joue, voulant faire quelque chose, n'importe quoi pour la rassurer. Elle ne devrait plus jamais avoir de raison de douter de lui.

Ayant manifestement trouvé ce qu'elle cherchait, elle lui offrit le plus doux des sourires en approchant sa bouche de la sienne.

— Tout va très bien.

Il s'assurerait qu'il en reste ainsi. Puis il commença à bouger, à un rythme si lent et contrôlé que c'en était une torture, et le corps d'Ivy se lova à nouveau contre le sien, prête à atteindre la cime du désir. Cette fois-ci, il grimpait avec elle, puisant dans chaque parcelle de contrôle qu'il possédait pour ne pas simplement plonger en elle et se perdre. Parce qu'elle lui faisait plus de bien que les livres qu'elle écrivait, plus que l'écriture. Ici, avec elle, il ne pouvait penser à rien d'autre qu'au glissement lent et brûlant de leurs corps l'un contre l'autre.

Elle le striait de ses mains, lui faisant perdre un peu de son self-control, tout en lui rendant poussée pour poussée. Tandis qu'elle approchait du point culminant du plaisir, que son corps commençait à onduler, il luttait, il s'accrochait pour qu'elle y arrive la première.

— Harrison.

Il posa son regard affûté sur le sien. Elle leva les yeux vers lui, semblant le transpercer, et il se sentit plus exposé qu'il ne l'avait jamais été dans sa vie. Mais quels boucliers pouvait-il bien brandir, alors qu'il était enfoui en elle ? Voyait-elle qu'il était brisé ? Qu'il ne méritait pas tout cela ? Qu'il ne la méritait pas, elle ?

Il vacilla.

Ivy posa ses mains sur ses épaules.

— Avec moi. Viens avec moi.

Entendant sa demande, il baissa son front vers le sien.

— Ivy.

— Avec moi - répéta-t-elle, toute proche du paroxysme et l'entraînant dans son orgasme - laisse-toi aller. Tu peux te laisser aller.

Et en bon soldat qu'il avait été, il s'exécuta.

Toutes les terminaisons nerveuses d'Ivy étaient en feu. Elle était certaine que si elle ouvrait les yeux, elle serait phosphorescente. Il faudrait qu'elle vérifie. Dans une minute. Ou vingt. Ses membres lui semblaient lourds. Tout comme le corps de Harrison allongé sur elle, bien qu'il eût replié ses bras le long de son torse pour ne pas l'écraser.

— Je bougerai dans une minute, gronda-t-il dans le creux de son cou.

Sa main étant idéalement placée, Ivy la passa dans les cheveux de Harrison, au niveau de la nuque, s'amusant à faire glisser ses mèches entre ses doigts.

— Rien ne presse. Tu fais une excellente couverture.

Ils restèrent allongés, toujours serrés l'un contre l'autre, respirant à l'unisson dans le silence. Ivy s'attendait à trouver ça étrange. Au lieu de cela, elle se sentait... paisible, comme s'ils l'avaient déjà fait un nombre incalculable de fois. Sa vie aurait certainement été plus passionnante si cela avait été le cas, et elle avait bon espoir qu'ils recommenceraient. De préférence dès qu'il en serait physiquement capable. Et peut-être encore une fois un peu plus tard. Ou plusieurs fois un peu plus tard. Elle commençait vraiment à voir les bons côtés du blizzard.

Harrison remua, se redressant suffisamment pour la regarder. Il resta ainsi un long moment, et Ivy sentit le poids de son regard la transpercer jusqu'aux os.

— Je reviens tout de suite.

Il se leva et alla s'occuper de l'essentiel.

Ivy fixa le plafond, la gorge sèche. Cette rencontre dépassait toutes ses espérances. Au-delà du plaisir étourdissant que Harrison lui procurait - et putain, il était vraiment incroyable - il y avait une gravité qui l'ébranlait dans tout ce qui venait de se passer. Tout en lui avait été si totalement inattendu qu'elle ne savait pas exactement que penser de la situation. Que penser d'eux. Si tant est qu'un « eux » existât.

Il remonta les escaliers, des bouteilles d'eau dans les mains. Dévissant le bouchon de l'une d'entre elles, il la lui tendit.

Ivy en but la moitié d'un trait.

— J'espère vraiment que c'était le bon moment pour t'arrêter d'écrire - dit-il en sirotant sa bouteille - parce que tu n'es pas près de sortir de ce lit.

Pour une menace, c'en était une dont elle pouvait tout à fait s'accommoder. Son corps frémit en voyant la lueur érotique dans les yeux de Harrison. Il avait à nouveau levé ses défenses. Apparemment, il avait décidé d'ignorer le poids de tout ce qu'il y avait entre eux. Il savait que c'était là. Elle l'avait vu sur son visage, lorsqu'il avait baissé la garde pendant qu'ils faisaient l'amour (parce que rien de ce qu'ils avaient fait n'avait été purement sexuel). Mais il n'était pas encore prêt à l'accepter. Tout cela dépassait ce à quoi elle s'attendait, ce qu'elle avait prévu, car cet homme dépassait toutes ses attentes. Elle ne ferait donc pas l'erreur qu'elle avait commise avant en partageant prématurément ses observations.

Puisque c'était ce qu'il semblait vouloir, elle se creusa les méninges pour trouver un peu de légèreté. Son regard croisa le sien par-dessus la bouteille.

— Tout cet épisode donne à l'expression « Merci pour le service » une toute nouvelle signification. Je crois que je n'ai jamais été aussi bien servie.

Il s'esclaffa et se laissa tomber dans le lit, à côté d'elle.

— Heureux de rendre service - la main qu'il posa sur sa cuisse lui indiqua qu'il serait ravi de lui rendre service, à nouveau - alors, est-ce que c'était, ou non, un bon moment pour t'arrêter d'écrire ?

Elle termina l'eau et mit la bouteille de côté, dans l'intention de libérer ses mains pour les reposer sur lui.

— Assez bon. J'ai fait le gros du premier jet. Je ne comprends pas comment j'ai fait pour ne pas le voir avant : ces deux-là sont faits l'un pour l'autre.

Son regard se posa sur le blason tatoué sur son biceps, qu'elle n'avait pas vraiment remarqué avant. Le bouclier représentait un soleil, une étoile et un éclair et lui apprit, sans qu'un mot ne soit prononcé, qu'il était un para ranger, appartenant au soixante-quinzième régiment de l'armée. Les forces spéciales. Pas étonnant qu'il n'ait pas hésité à descendre en rappel le long d'une montagne enneigée.

— Je croyais que tu n'écrivais pas de romans d'amour.

— Ce n'est pas le sujet principal, mais les relations amoureuses ajoutent des enjeux et de la profondeur à une histoire, sans parler de vraisemblance et du fait qu'elles sont un excellent vecteur de changement. Voir un personnage renfermé sur lui-même s'ouvrir par amour procure une satisfaction incroyable au lecteur. Je pense qu'autrement, aucun des deux n'aura la vulnérabilité nécessaire pour avoir un impact sur l'autre. Et je crois que tu as tout à fait raison. Michael a peur de s'attacher à elle, de ce qu'il serait capable de faire pour elle.

La main sur sa cuisse se crispa un instant avant de se détendre.

— Il n'y a à peu près que l'amour qui puisse envoyer un homme directement en enfer. Qu'il s'agisse de l'amour pour une femme ou pour un frère.

Elle se demanda quel enfer il avait traversé, et pour qui.

Posant une main sur la poitrine de Harrison, Ivy fit glisser ses doigts sur les creux et les bosses, appréciant la façon dont son souffle s'accélérait. Plusieurs cicatrices ajoutaient du caractère à ce corps magnifique. Elle ne les évita pas, mais n'y prêta pas non plus une attention exagérée. Il ne lui était pas difficile d'imaginer un combat au couteau, ou bien Harrison accroupi avec ses hommes, essuyant les tirs d'insurgés. Mais elle ne lui poserait aucune question à ce sujet. Pas maintenant. Pourtant, sa curiosité était plus que piquée. Ils avaient été aussi intimes que deux personnes pouvaient l'être, mais elle ne savait toujours rien de lui.

— Dis-moi quelque chose de réel sur toi.

— Quelque chose de réel ?

— Oui. Comme, je ne sais pas... quelle était ta première voiture ? Le nom de ton chien quand tu étais petit ? Quand as-tu perdu ta virginité ?

— Une Oldsmobile 88, Buster, et Mandy Gilcrest, à l'arrière de la même Oldsmobile, le soir de la remise des diplômes.

— J'imagine que les grosses voitures de cette époque étaient pratiques pour l'espace à l'arrière. Mon grand-père en avait une. Cet engin était vraiment énorme. On pouvait mettre un quartier de bœuf entier dans le coffre.

— On n'en fait plus des comme ça, c'est sûr, dit-il d'un ton empreint du genre d'affection que seuls les hommes semblaient nourrir pour les véhicules.

Ok, elle n'avait vraiment pas envie de parler de voitures. Elle voulait parler de lui.

— Raconte-moi autre chose.

Il traçait des signes dans son dos du bout des doigts.

— Demande.

Une centaine de questions lui vinrent à l'esprit, mais elle les retint. Elle ne voulait pas tout gâcher en demandant ce qu'elle voulait vraiment savoir.

—Où as-tu grandi ?

— Une petite ville de l'état de Washington, près de la côte. Et toi ?

— Comme je te l'ai dit, mon père était pasteur, alors nous avons beaucoup bougé. J'ai passé la plus grande partie de mon enfance dans le sud de l'Alabama, plus ou moins près de Mobile. Maman, papa, ma sœur.

—Tu es l'aînée.

—Je suis l'aînée, confirma-t-elle.

En se penchant, elle déposa un doux baiser sur la cicatrice de sa joue.

—Comment tu t'es fait ça ?

— Une tasse à café. C'était la fête des mères et j'avais six ans. Je lui avais préparé son petit-déjeuner, qui consistait en un bol de céréales avec une orange. Mais je l'avais regardée faire du café tous les jours de ma vie, alors j'en ai fait aussi. J'ai probablement mal dosé la quantité de café moulu par rapport à l'eau, mais j'étais fier comme un paon d'avoir réussi à utiliser la cafetière. Je me dépêchais, voulant tout faire avant qu'elle ne se réveille pour pouvoir la surprendre, et j'ai trébuché en portant le café sur le plateau de la table de la cuisine. La tasse s'est écrasée sur le sol et je suis tombé juste après, atterrissant pile-poil sur l'un des morceaux. Au lieu de la matinée de détente que j'avais prévue pour elle, nous l'avons passée aux urgences pour me faire mettre des points de suture.

Mais il avait essayé. Cela lui plaisait de savoir que même enfant, il avait essayé de faire quelque chose pour s'occuper de sa mère. Elle aimait aussi savoir que ses cicatrices ne prove-naient pas toutes de l'époque où il avait servi dans l'armée.

—Vous êtes une famille très unie ?

—Oui. On était juste tous les deux pendant mon enfance.

Il ne s'étendit pas et Ivy n'insista pas.

Elle n'était pas sûre de pouvoir se retenir de poser le reste des questions qu'elle voulait poser, et elle ne voulait pas gâcher ce moment, du coup Ivy décida que la meilleure chose à faire, pour eux deux, était de se distraire. Se redressant, elle passa une jambe par-dessus la sienne et se décala pour se mettre à califourchon sur lui.

— Tu as fini ton eau ?

Arquant un sourcil, il vida la dernière bouteille et la jeta.

— C'est une bonne chose. Parce que comme tu es ma muse actuelle, je pense que je vais devoir étudier ce corps pour mes recherches, et lors du premier round, c'est plutôt toi qui as étudié le mien.

Il sourit et se redressa, passant ses mains dans le dos de la jeune femme.

— C'est ma nouvelle matière préférée.

Leur position permettait de comprendre clairement qu'il avait eu le temps de récupérer. Cherchant à se contrôler, elle voulut l'obliger à s'allonger. Ou du moins, elle essaya. Il ne bougea pas d'un pouce.

— Allonge-toi et comporte-toi comme un bon petit cobaye, que je puisse prendre des notes. Avec ma bouche.

Harrison s'allongea, les bras écartés.

— Oui, madame.

10

Ils firent l'amour, parlèrent et firent encore l'amour, jusqu'à ce que la faim les pousse vers la cuisine où ils dévorèrent les restes de pain perdu, encore froids, avant d'aller sous la douche, où ils se prirent l'un l'autre, encore une fois. À chaque baiser, à chaque caresse, à chaque orgasme, Harrison sentait s'effriter quelques couches d'armure supplémentaires, les siennes et celles d'Ivy. Ils parlaient de tout et de rien. Ivy lui raconta son enfance, ses déménagements fréquents, juste au moment où elle s'était vraiment fixée dans un endroit.

—Cela m'a privée de racines, je suppose.

Après leur douche, elle s'était installée sur ses genoux, n'arborant que sa chemise à lui et un sourire de satisfaction, et traçait des signes sur sa nuque avec ses doigts.

Harrison lui écarta les cheveux mouillés du visage.

—Tes racines, ce n'était pas ta famille ?

— Si, disons que si. Ils ont fait de leur mieux, en tout cas. Mais je ne pourrai jamais rentrer « chez moi » pour les vacances. Je n'ai pas de maison dans laquelle j'aie grandi, et accumulé tous mes souvenirs. Je n'ai pas vraiment de meilleurs amis d'enfance dont je sois restée proche. J'ai appris à ne jamais m'attacher aux lieux, ni aux personnes d'ailleurs. Il m'a fallu apprendre à apprécier le moment présent.

Était-ce ce que cela représentait pour elle ? Était-ce pour cela qu'elle était capable de se lancer dans une aventure imprévue avec autant d'enthousiasme ? Harrison n'aimait pas l'idée qu'elle ait déjà en vue la fin de cette histoire. Il n'avait pas cherché ce qui s'était produit entre eux, il ne l'avait pas prévu, mais il était incapable de s'imaginer la quittant après aujourd'hui et ne plus jamais la revoir. Il ne savait pas exactement ce que représentait cet intermède, si ce n'est la première vraie connexion qu'il avait ressentie depuis des années, mais il n'était pas prêt à la laisser partir. Et cela l'effrayait au plus haut point.

Il resserra ses bras autour d'elle et ouvrit la bouche pour dire… il ne savait pas très bien quoi. Mais un coup frappé à la porte vint interrompre son accès de sincérité, sans doute malvenu.

Ivy se crispa.

— Tu attends quelqu'un ?

— Personne ne sait que je suis ici, sauf mon ami Porter. C'est sa cabane.

Mais il n'était sûrement pas venu jusqu'ici avec toute cette neige. À moins qu'elle n'ait fondu pendant qu'ils étaient tout à leur affaire ? Il fit glisser Ivy à terre et boutonna son jean.

Bien qu'on ne pût rien voir à travers les stores, elle tira sur le bord de la chemise en flanelle qu'elle portait.

— Je vais juste monter vite fait à la mezzanine et enfiler un pantalon.

Harrison ramassa son T-shirt qui avait valdingué et attendit qu'elle ait disparu derrière le demi-mur pour ouvrir la porte. Ça allait être drôlement marrant d'expliquer la situation à son pote.

Mais ce n'était pas Porter qu'il trouva sous le porche. Un

homme de large carrure, avec un badge épinglé à son épais manteau d'hiver, se tenait dans l'embrasure de la porte.

— Harrison Wilkes ?

Il déplaça son poids, bloquant instinctivement la vue de l'homme vers l'intérieur.

— Oui ?

— Je suis le shérif Xander Kincaid. Un ami de Porter. Il m'a demandé de venir voir si vous alliez bien puisque j'effectuais des patrouilles dans le coin.

— Oh - Harrison se détendit d'un cran - eh bien, je vais bien. J'ai mis le générateur en marche et j'ai plein de provisions.

— Il sera soulagé de savoir que vous vous en êtes bien sorti. Ce n'est pas le cas de tout le monde. L'auberge de la ville attendait une cliente. Il semble qu'elle soit passée à travers la rambarde à un peu plus d'un kilomètre d'ici. Un de mes adjoints attend que nos équipes de recherche et de sauvetage aillent inspecter l'épave, mais nous n'avons pas beaucoup d'espoir, surtout après le froid de la nuit dernière.

L'homme affichait un visage de circonstance, prêt à affronter la triste réalité de la récupération du corps.

— Une Chevrolet Blazer ?

Le regard du shérif s'aiguisa.

— Oui. Vous avez vu quelque chose en montant jusqu'ici ?

Harrison jeta un coup d'œil vers la mezzanine d'où Ivy descendait par l'escalier étroit.

— J'ai le plaisir de vous annoncer que vous n'aurez pas à prévenir les proches de qui que ce soit. La conductrice est juste là.

Il s'effaça et ouvrit complètement la porte.

Xander entra, haussant les sourcils à la vue d'Ivy, qui portait toujours la chemise en flanelle de Harrison.

— Ivy Blake ?

— C'es bien moi. J'en déduis que vous avez trouvé mon pick-up.

— Oui, il y a peu de temps. Je – il la survola du regard en une rapide évaluation – vous n'avez pas été blessée ?

Ivy porta la main vers la coupure sur sa tempe.

— Pas grièvement. Quelques égratignures. Quelques ecchymoses. Harrison m'a trouvée environ une heure après que j'ai traversé la glissière de sécurité. C'est lui qui m'a sortie de là.

Le regard du shérif se porta sur lui.

—Tout seul ?

Harrison haussa les épaules.

—Il n'y avait personne d'autre à ce moment-là.

— Bon sang. Laissez-moi vous dire que nous sommes tous heureux que vous soyez passé par là. Et vous, Mlle Blake, vous avez vraiment de la chance d'être sortie vivante et en un seul morceau de cette épave. Pru sera tellement soulagée. Elle était morte d'inquiétude quand elle ne vous a pas vue arriver, hier.

—Pru ? demande Harrison.

— Ma belle-sœur. Elle, son mari et ma femme dirigent le *Misfit Inn* où Mlle Blake a une réservation.

— Je suis désolée de ne pas avoir appelé. Mon téléphone a été endommagé dans l'accident, il n'y a pas de ligne fixe dans la cabane et nous ne nous sommes pas aventurés dans la neige pour essayer de trouver du réseau.

Xander se tourna vers Ivy.

— De toute façon, ça va et ça vient par ici. Écoutez, je ne sais pas trop ce qu'on peut faire pour votre véhicule avant le dégel, mais je peux vous ramener en ville et vous déposer à l'auberge. Le médecin du coin ne manquera pas de venir vous examiner.

Harrison se retint de dire qu'elle était très bien là où elle était. Toute la journée, ils avaient évité de parler d'aller en ville. Mais là, on y était : la grande intrusion du monde extérieur. Leur petite bulle d'intimité s'était brisée.

Son esprit s'emballa, tentant de trouver un moyen de suggérer qu'elle reste avec lui. Il avait beau avoir cru vouloir être seul, il s'était rendu compte que ce n'était pas le cas. Il voulait être avec elle. Elle l'avait mieux distrait de ses problèmes que quoi que ce soit d'autre. Pas seulement à cause du sexe, bien que cet aspect-là ait été fantastique, mais juste à cause... d'elle. Elle le maintenait dans le moment présent, le ramenait à la réalité quand il commençait à déraper. Et au-delà de tout cela, il avait sacrément apprécié sa compagnie. Elle était intéressante. Il avait pris plus de plaisir à travailler avec elle à l'élaboration de son intrigue qu'il n'en avait eu depuis long-temps. Il avait envie de lui parler de son travail à lui, et peut-être de discuter avec elle pour voir comment résoudre ses propres problèmes d'intrigue. N'était-ce pas bizarre d'avoir attendu si longtemps pour en parler ?

Malgré tout, il n'en dit rien. Ce n'était pas juste de sa part de lui demander de rester. Elle avait un programme que l'accident avait interrompu. Elle avait une vie qu'elle devait probablement retrouver, des détails à régler. Il y avait probablement d'autres personnes qu'elle devrait appeler pour leur dire qu'elle allait bien. Il était... juste une pause. Une distraction pour elle. C'était tout ce qu'ils pouvaient être l'un pour l'autre.

— En fait, shérif, si cela ne vous dérange pas, je pense que je vais rester ici. Harrison et moi avions prévu aller en ville plus tard, une fois que les routes seraient plus dégagées, pour que je puisse m'occuper de quelques affaires.

Elle voulait rester. Ici. Avec lui. Le soulagement fit dispa-raître la tension de ses muscles si rapidement qu'il se laissa tomber en arrière pour s'appuyer contre le bras du canapé. Il croisa les bras comme s'il l'avait fait à dessein.

Alex leur lança un regard inquisiteur à tous les deux.

— Si vous en êtes sûre.

Les lèvres d'Ivy se courbèrent en un sourire spontané.

— J'en suis sûre.

— D'accord. Je préviendrai Pru.

Harrison suivit Xander jusqu'à la porte.

— Vous voulez bien dire à Porter que je le recontacterai la prochaine fois que je viendrai en ville ?

— Bien sûr. Prenez soin de vous.

Après un dernier regard pour Ivy, le shérif hocha la tête et sortit.

Harrison le regarda par la fenêtre faire marche arrière dans l'allée, avec une grosse Ford Bronco. Malgré quelques glissades dans la neige, le Bronco s'engagea sur la route avec moins de difficultés que Harrison ne l'eût cru. Il semblait qu'il ait enfin cessé de neiger pendant la journée. À l'exception des traces fraîches derrière sa Jeep, rien n'interrompait leur féérie hivernale.

—Harrison ?

Il se retourna.

—Ouais ?

Le sourire désinvolte qu'elle avait adressé à Alex avait disparu. Elle se mordillait la lèvre inférieure.

— Je n'aurais pas dû lui dire de partir sans t'en parler d'abord. C'est vraiment bon pour toi ? Que je reste ? Je veux dire, j'ai présumé qu'après... - elle agita une main entre eux deux - mais j'ai peut-être eu tort.

Voulant la mettre à l'aise, il traversa la pièce et la prit dans ses bras.

— Tout à fait - il déposa un doux baiser rapide sur ses lèvres avant de poser son front contre le sien - je voulais que tu restes. Mais je ne savais pas comment te le demander sans te mettre la pression.

Son visage s'éclaira.

—Vraiment ?

— Vraiment - il posa ses doigts entrelacés au creux de son dos et sourit - autrement, comment vais-je pouvoir découvrir avant tout le monde comment Annika et Michael se mettent ensemble ?

Elle se recula juste assez pour le regarder en face avec des yeux plissés et rieurs.

— Harrison Wilkes, ne serais-tu pas un peu fleur bleue ?

Il n'en savait rien, mais ce qui était sûr c'est que cette femme avait à nouveau fait battre son cœur. Et il était presque sûr d'aimer ça.

— J'ai pas envie.

Ivy grimaça devant le nouveau téléphone portable prépayé qu'elle avait acheté à la petite superette.

Face à elle, de l'autre côté de la table, dans leur box au *Crystal's Diner*, Harrison prit son sandwich grillé aux macaronis et au fromage.

— Tu ne peux pas l'éviter éternellement.

— Je ne sais pas. J'ai l'impression que tu en sais un rayon sur comment s'évanouir dans la nature. Tu pourrais m'aider à disparaître.

Il avait plutôt bien réussi jusqu'à présent.

Pendant quarante-huit heures merveilleuses, elle avait fait abstraction de tout, sauf de lui. Ils avaient parlé, débattu et comploté, tout en jouant dans la neige comme des enfants et en assouvissant leur insatiable appétit l'un pour l'autre. C'étaient les meilleures vacances du monde, entièrement imprévues, et loin de sa vie. Elle se sentait pleine d'énergie, et se ressourçait auprès de lui comme jamais elle ne l'avait fait depuis le début de sa folle carrière d'auteure.

Mais dès le troisième jour, la culpabilité avait commencé à la tarauder. La visite du shérif lui avait rappelé qu'il y avait une vie en dehors des quatre murs de la petite cabane. Elle n'avait jamais été injoignable aussi longtemps auparavant. Il y avait des gens qu'elle devait vraiment contacter dans le monde réel, pour leur faire savoir où elle était et qu'elle allait bien. Sans compter qu'ils avaient fini tous les préservatifs, même les deux paquets qu'une de ses amies avait glissés dans la poche latérale de son sac en guise de cadeau lors de la soirée « Vive le divorce ! » de Deanna, l'été dernier. Jasmine ne la féliciterait-elle pas pour avoir réussi cet exploit ?

Ils s'étaient donc rendus à Eden's Ridge pour régler quelques opérations indispensables. Ils avaient pris des dispositions avec le garage Thompson pour récupérer son Blazer sur le flanc de la montagne. Personne ne se faisait d'illusions, la voiture était détruite, mais il était impossible de la laisser là. Willie Thompson, un vieux monsieur grincheux vêtu d'une salopette et d'une casquette noire de camionneur proclamant que « les bons gars portent du blanc », allait certainement figurer dans un livre un jour. Après avoir fait quelques courses, ils avaient fini par aller déjeuner dans un *Diner*.

La conversation téléphonique avec ses parents s'était bien passée. Elle avait minimisé l'importance de l'accident et passé sous silence sa situation actuelle d'hébergement. La fille du pasteur ne voulait pas avouer qu'elle était confortablement et intimement installée avec son sauveteur. Mais elle n'avait pas pu se résoudre à appeler Marianne, même si celle-ci avait probablement déjà réservé un billet d'avion pour mettre à exécution sa menace de traquer Ivy si elle n'avait pas de nouvelles d'ici... oh putain... hier.

— Je pourrais t'aider à disparaître des radars. Mais on finirait par te rattraper. Que ce soit avant ou après que Marianne mette la main sur toi, ça reste à voir. Alors prends ton courage à deux mains et finissons-en, Blake.

Ivy grimaça.

— Marianne va me tuer.

— Si elle ne t'accorde pas une prolongation automatique

pour avoir eu un accident potentiellement mortel il y a quelques jours, c'est qu'elle n'est pas humaine.

— Je n'étais pas en danger de mort. Tu étais là.

L'éclat de son sourire traversa sa barbe.

— Oui, mais elle ne le sait pas. Tu es une écrivaine. Contrôle l'image que tu veux donner. Tu as subi un traumatisme. Ton ordinateur portable s'est désintégré dans l'accident. Tu vas devoir tout recommencer parce que la sauvegarde sur le nuage n'a pas fonctionné.

Elle haussa un sourcil.

— C'est un peu troublant de voir à quel point tu as ces excuses toutes prêtes.

— Je suis motivé par des raisons purement égoïstes.

— Est-ce que ces raisons impliquent de me re-déshabiller dès qu'on rentrera à la maison ?

Ivy sentit son sourire taquin se figer. À la maison ?

— Ça se pourrait bien.

Elle entendit à peine sa réponse. Avait-elle vraiment fait référence à la cabane comme étant leur chez-eux ? Qu'est-ce qui lui avait pris ? Oui, c'était un petit nid d'amour douillet. Mais le considérer comme chez eux, c'était ridicule. Ce n'était ni à eux, ni chez eux. Et de toute façon, comment aurait-elle pu, elle, savoir ce qu'était un chez-soi ? Pourtant, c'est vraiment la sensation qu'elle avait.

Ou peut-être que ce n'était pas la cabane. Peut-être que c'était Harrison lui-même. Elle se sentait plus ancrée et plus stable avec lui qu'elle ne l'avait été depuis... des années. Peut-être même depuis toujours. C'était probablement dû à une sorte de culte du héros, et certainement au sexe, absolument phénoménal, mais il y avait autre chose aussi. Il s'ouvrait à elle, lentement mais sûrement. Au fur et à mesure qu'elle se détendait et prenait ses aises avec lui, il faisait de même, bien qu'il eût encore tendance à détourner la conversation vers elle ou vers le roman plutôt que de parler de lui. Ils n'avaient pas discuté de l'après, juste de l'instant présent. C'était un moment tellement inattendu et merveilleux qu'elle avait peur d'aborder le sujet de peur de se porter la poisse.

Mais cela ne l'avait pas empêchée d'y penser. L'idée d'une relation ne l'avait même pas effleurée depuis la fin de ses études. Elle parvenait à peine à rester en contact avec ses amis. Et pourtant, elle se demandait déjà ce qu'elle devrait faire pour faire rester Harrison dans sa vraie vie. Le voudrait-il ? Le fantasme résisterait-il à la lumière crue du quotidien ? Elle n'était pas encore prête à le découvrir.

Si Harrison avait remarqué sa gaffe, il n'en laissa rien paraître.

— Est-ce que cela t'aiderait si je t'offrais une récompense pour être une gentille fille et passer cet appel ?

Son sourire diabolique indiquait clairement le genre de récompense qu'il avait en tête.

— Est-ce que je peux choisir ma récompense ?

— Bien sûr, pourquoi pas ?

— Ok, alors après avoir passé l'appel, je te poserai une question sur toi et tu devras y répondre.

Il perdit un peu de son humour.

— Pourquoi ?

— Parce que tu es vraiment doué pour détourner l'attention. Nous avons beaucoup parlé de moi ces derniers jours. Je veux en savoir plus sur toi.

Il gigota sur son siège.

— J'ai perdu l'habitude de parler de moi.

— Une question, Harrison.

— Sous réserve de ne pas aborder de choses dont je ne puis parler car confidentielles.

— Même si cela m'intrigue, ce n'est pas ce que je veux savoir - Ivy reprit son souffle – bon, j'y vais.

Elle composa le numéro de Marianne.

— Ivy, où diable étais-tu passée ? Cela fait des jours que j'essaye de te joindre !

Marianne débita ces premiers mots sans une seule respiration ou pause, suffisamment fort pour que Harrison l'entende, de l'autre côté de la table.

Il haussa un sourcil.

— Je suis désolée de ne pas avoir appelé plus tôt. J'ai eu un accident la semaine dernière.

— Oh mon Dieu, tu vas bien ?

— Je n'aurai pas de séquelles permanentes. Mais on ne peut pas en dire autant de mon Blazer. J'ai dévalé le flanc d'une montagne. C'était... grave.

— Ivy !

— Je n'ai rien de cassé, mais j'ai été pas mal secouée. J'ai dû recevoir des soins pour hypothermie et une blessure superficielle à la tête.

Elle leva les yeux vers Harrison et vit son regard s'assombrir à ce souvenir.

— Je suis vraiment heureuse que tu ailles bien.

— Eh bien, tu ne le seras peut-être plus quand je t'aurai tout raconté. Mon ordinateur portable est mort dans l'accident. Et ma sauvegarde sur le nuage n'a pas marché. Le livre est perdu.

Marianne aspira une bouffée d'air.

— Perdu ? Tu veux dire... qu'il a disparu ?

— Oui.

— Comment est-ce possible ? Ils ne peuvent pas extraire le disque dur et récupérer les données ?

— Lui aussi a été endommagé - elle finirait sans doute dans un enfer spécial pour écrivains à cause de ce mensonge - j'ai déjà commencé à réécrire, mais je vais avoir besoin d'un délai supplémentaire.

— Wally ne va pas être content.

— Ce n'est pas comme si j'avais prévu de me jeter du haut d'une montagne.

— Bien sûr que non.

— Depuis tout le temps que nous travaillons ensemble, je n'ai jamais demandé de délai supplémentaire, Marianne. J'en ai besoin.

— D'accord. Je lui parlerai. Mais Ivy, je ne sais pas combien de temps il va pouvoir t'accorder. Ils comptaient sur une sortie d'été et tu sais combien de temps prend tout le reste du processus. La seule raison pour laquelle tu as pu faire traîner les choses autant en longueur, c'est que tes premiers jets ont tendance à être impeccables.

— Je sais. Fais juste... tout ce que tu peux, d'accord ? Je mets la gomme et j'écris aussi vite que possible.

Une nouvelle bouffée de culpabilité l'envahit. Ce n'est pas ce qu'elle avait fait. Pas encore. Elle avait profité d'une parenthèse très sexy.

— Je vais l'appeler tout de suite. Si tu peux m'envoyer quelque chose... n'importe quoi. Le premier chapitre. Les premiers chapitres d'ici demain, ça donnera plus de poids à ma requête.

— Demain ?

L'estomac d'Ivy fit un bond. Elle avait un plan. Un plan dont elle savait, au fond d'elle-même, qu'il fonctionnait. Mais *demain* ?

— Je sais que tu peux le faire. Tu es ma rockstar.

Ivy soupira. Pendant un court instant, elle envisagea de raconter d'autres craques, n'importe quoi pour gagner du temps. Mais elle s'était assez dérobée.

— Je ferai de mon mieux.

Elle dit au revoir et raccrocha, sentant déjà la pression l'envahir.

Harrison lui adressa un petit sourire.

— La récréation est terminée, hein ?

— Ouais – entrelaçant ses doigts, elle croisa son regard - je n'en ai aucune envie, mais il n'y a absolument aucune chance que je parvienne à écrire ce livre si je reste avec toi.

— Tu penses pouvoir l'écrire maintenant, loin de moi ?

Elle pensa au plan détaillé qu'elle avait élaboré ces derniers jours et ne ressentit plus l'appréhension et le vide qui avaient accompagné ses précédentes tentatives.

— Oui. Cette fois-ci, c'est du solide. Et c'est en grande partie grâce à toi.

Il se frotta le visage de la main.

— Alors, j'ai une proposition à faire.

— Je t'écoute.

— Tu es venue ici dans l'intention de prendre une chambre à l'auberge et d'écrire, c'est ça ?

— Oui.

— Alors fais-le. Tiens-t'en à ton plan initial. Et tous les, disons, dix mille mots que tu écriras, tu feras une pause pour me voir et me poser une autre de tes questions. À la fin du livre, tu en auras posé pas mal. Tu penses que ce serait une motivation suffisante ?

Il voulait encore la voir. Il n'était pas non plus prêt à ce que cela prenne fin. Le soulagement tempéra la pression qui montait dans sa poitrine.

— Oui, absolument. Mais même si j'écris à tour de bras, cela va prendre du temps.

Harrison posa ses deux coudes sur la table.

— Ce n'est pas grave. Je ne vais nulle part.

Savoir qu'il l'attendrait, qu'il serait là au bout de tout ça, et de toutes les étapes intermédiaires, c'était un cadeau plus merveilleux que ce à quoi elle s'attendait. Elle l'accepta donc.

— Dans ce cas, je pense que je ferais mieux de voir si je peux faire une nouvelle réservation.

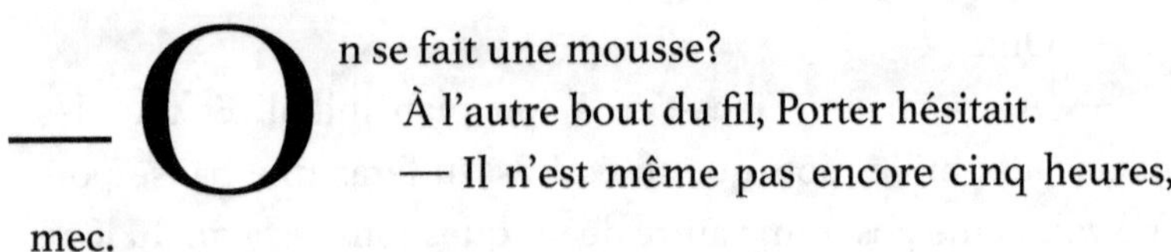

11

—On se fait une mousse?

À l'autre bout du fil, Porter hésitait.

— Il n'est même pas encore cinq heures, mec.

Harrison jeta un coup d'œil à sa montre, bien qu'il sût parfaitement l'heure qu'il était.

— Il manque à peine quarante-cinq minutes, et je ne suis pas encore arrivé à Eden's Ridge.

Le panneau d'entrée de la ville qui défilait à la fenêtre de la Jeep était là pour témoigner de son mensonge, mais à quoi bon le mentionner ?

—Tout va bien ?

Bien sûr. Sauf que la cabane semblait vide sans Ivy.

Harrison s'y était attendu, la première nuit. Ils avaient été constamment ensemble, dans le même espace, pendant presque une semaine. Il savait que sa présence dans son lit lui manquerait. Mais il avait pensé se réhabituer à la solitude. Après tout, c'était son habitat naturel préféré.

Lorsqu'il l'avait déposée au Misfit Inn, ils avaient prévu de se retrouver ce soir pour dîner. Comme elle n'avait pas de voiture et qu'il était injoignable par téléphone, à la cabane, c'était la seule option logique. Deux jours suffiraient pour lui permettre de commencer à travailler sérieusement sur le livre. Et quant à lui, après toutes les idées qu'ils avaient échangées sur Annika et Michael, il était ravi de retourner à son travail. Il n'avait pas la même échéance qu'Ivy, et personne ne dépendait de lui, mais il devait prendre une décision sur la suite à donner à ses propres livres. Il s'était dit qu'il allait suivre son exemple et se plonger dans le boulot jusqu'à ce qu'elle refasse surface. Cela faisait quarante-six heures, et il se surprenait encore à lever les yeux à chaque bruit, s'attendant à la voir apparaître.

Bien sûr, c'était mieux que l'alternative qui consistait à voir revenir en force ses fantômes, mais bon sang, qu'est-ce qu'elle lui manquait. Tel un adolescent amoureux, il avait même compté les heures avant de partir pour Eden's Ridge. Les femmes ne lui manquaient pas. Enfin, pour être honnête, cela faisait des années qu'il n'avait pas eu de véritable relation avec l'une d'entre elles. Mais Ivy, elle, lui manquait, et il ne savait pas trop quoi en penser. Comment quelqu'un qui n'avait jamais fait partie de sa vie avant la semaine dernière pouvait-il lui manquer ? Désemparé, il avait décidé de se rendre en ville plus tôt que prévu. Tout, plutôt que d'être livré à lui-même.

— Oui, tout va bien. On se retrouve à la Taverne quand tu auras fini au chantier ?

— Ok. On se voit là-bas.

Bien. Retrouver un copain l'aiderait peut-être à ronger son frein.

Sachant qu'il avait du temps à tuer, il se gara à l'une des extrémités de Main Street et se dit qu'il allait marcher un peu. Les trottoirs avaient été déblayés, mais il restait des traces blanches dans les coins et les fissures, là où le sel n'était pas arrivé. Dans le petit parc, un défilé de bonshommes de neige difformes en étaient à des stades différents de leur agonie, fondant avec la hausse des températures. Bientôt, ils ne seraient plus qu'une flaque de souvenirs.

Il se demanda si l'on pouvait en dire autant de son aventure avec Ivy. C'était vraiment ça, la raison principale de sa fébrilité. Lorsqu'il l'avait rencontrée, il ne cherchait rien de particulier, ne pensait pas trouver quoi que ce soit avec elle, et pourtant... Et si, au cours des derniers jours, elle avait recouvré ses esprits ? Et s'il n'avait été pour elle qu'une distraction ? Et si l'intimité qu'ils avaient si facilement partagée avait disparu, pour laisser place à un sentiment de gêne au cours de ce dîner qu'il attendait avec tant d'impatience ?

Et si tu te ressaisissais et arrêtais de voir des problèmes là où il n'y en avait pas ?

Mais c'était dans sa nature et du fait de la formation qu'il avait reçue : il envisageait les catastrophes possibles et la façon de les gérer.

Alors, commence donc par le problème qui est sous ton nez. Elle t'a manqué. Fais quelque chose pour le lui montrer.

Apercevant une boutique dont la vitrine était ornée d'une profusion de fleurs, Harrison traversa la rue. L'intérieur de *Moonbeams and Sweet Dreams* sentait bon la luxuriance et la douceur, les fleurs parfumées éparpillées dans le magasin embaumaient l'air chaud. Des haut-parleurs dissimulés diffusaient de la musique, un mix de violons celtiques et de percussions. Au fond, un chien aboya et la voix grave d'une femme le fit taire. Quelques secondes plus tard, elle sortit d'une porte située derrière le comptoir. Pendant un instant, il fut ébloui par la couronne de petites roses tressées dans ses cheveux auburn et la longue jupe, assortie à un haut vaporeux, qu'elle portait. Avait-il franchi un portail qui menait directement à Woodstock ?

— Je peux vous aider ?

Il cligna des yeux.

— Je vais sans doute m'aventurer un peu mais, vous êtes fleuriste ?

La femme eut un sourire rayonnant.

— Mais oui. Je suis Misty Pennebaker. Vous avez besoin de fleurs ?

Des fleurs. Oui, il prendrait des fleurs de lierre pour rappeler le prénom d'Ivy en anglais. Ce serait un beau geste. Sa mère avait toujours apprécié de recevoir des fleurs par surprise.

—Oui, absolument.

—Pour quelle occasion ?

—Une femme.

Misty lui adressa un sourire ravi.

—La meilleure des occasions. Parlez-moi d'elle.

Comment lui était-il possible de réduire Ivy à une simple liste de qualificatifs ?

—Elle est intelligente, drôle et intéressante. Et sublime.

Tout cela était vrai, mais ne représentait pas l'essence de ce qu'elle était. Et qu'il était encore en train de découvrir.

— Un intérêt romantique, donc. Et que voulez-vous lui dire ?

—Lui dire ?

Misty s'installa sur un tabouret derrière le comptoir, attrapant un stylo et un bloc-notes.

— Bien sûr. Les fleurs ont leur propre langage. Alors, que voulez-vous dire à votre belle ?

— Elle n'est pas à moi. Pas exactement. C'est... compliqué, je crois. Nous n'avons rien défini.

—Mais vous voulez le faire. Définir, j'entends.

Oui. C'est ce qu'il voulait. Il voulait que leur histoire ait... un sens. Il ne savait pas comment, il ne savait pas exactement lequel, mais il savait qu'il ne pouvait pas abandonner le lien qu'ils avaient tissé. Il hocha donc la tête.

— Mais je ne veux pas être insistant. Ni sembler en manque

d'affection. Je veux juste quelque chose qui dise... j'ai pensé à toi. Quelque chose de bluffant, mais sans en faire trop.

Autant ne pas ménager sa peine.

Misty acquiesça.

— Ça me paraît bien. Et vous voulez les faire livrer ?

— J'espérais pouvoir les avoir avec moi quand je passerai la prendre pour aller dîner, ce soir.

— On peut faire comme ça.

Et il en fut ainsi. Une demi-heure plus tard, Harrison sortit avec une explosion de fleurs éclatantes, dont il ne connaissait quasiment aucun nom. Misty lui avait assuré qu'elles étaient parfaites, mais il se demandait s'il n'en faisait pas un peu trop. Il aurait peut-être dû choisir quelque chose de plus simple, comme des marguerites ou des tulipes.

— Ah, des fleurs. Tu n'aurais pas dû.

Harrison détourna son attention du bouquet pour découvrir Porter qui lui souriait, sur le trottoir. Sa nuque s'échauffa. Et lui qui avait prévu de planquer les fleurs dans la Jeep avant d'aller au Elvira's.

— Je ne pensais pas que tu aurais déjà fini.

— J'avais cru comprendre que tu avais quelque chose en tête, alors j'ai fini un peu plus tôt. J'imagine que ce n'est pas tant *quelque chose* que *quelqu'un*.

Harrison résista à l'envie irrépressible de cacher les fleurs derrière son dos.

— J'étais juste...

Juste quoi ?

Porter croisa les bras, avec un sourire de plus en plus grand tandis que Harrison ramait pour trouver une justification.

— Très bien, j'ai un rendez-vous plus tard, avoua-t-il.

Pourquoi se sentait-il si stupide en disant cela ? Il allait partager un repas avec la femme avec laquelle il couchait. Comment appeler cela autrement ?

— Ah oui. Avec la femme que tu as sauvée, je suppose. Celle avec qui tu traînais, torse nu, quand Xander est arrivé.

— Et alors ?

— Il a dit que vous aviez l'air terriblement... intimes pour deux personnes qui ne se connaissaient pas avant cette tempête de neige.

Ces deux-là s'était-ils mis à papoter en se racontant les derniers ragots comme deux adolescentes ? Harrison fronça les sourcils.

— Si tu as décidé de m'embêter, c'est toi qui paies ta tournée

— Avec plaisir, mon pote.

Porter ne lui laissa pas le temps de ranger le bouquet avant de se diriger vers la taverne. Il n'y avait pas trop de monde à cette heure-ci et ils avaient un grand choix de tables.

Une serveuse s'approcha d'eux dès qu'ils se furent assis.

— Qu'est-ce que je vous sers, les gars ?

Porter leva deux doigts.

— Deux bières, Trish. La nouvelle blonde à la pression. Merci.

— Ça arrive.

Ne sachant où les mettre, Harrison déposa les fleurs à l'autre bout de leur table pour quatre. Il avait la terrible impression d'attirer tous les regards, comme si, lors d'une opération sous couverture, il avait par inadvertance porté une veste de chasseur orange au lieu d'une tenue de camouflage. Cette sensation ne fit que s'amplifier lorsque Trish revint avec leurs boissons.

— Oh, elles sont tout simplement magnifiques ! Qui est l'heureuse élue ?

S'attendait-elle vraiment à une réponse à cette question ? Son regard attentif laissait supposer que oui.

Manifestement pris de pitié, Porter adressa un sourire à la serveuse.

—Ce sera tout, Trish. Merci.

Dès qu'elle se fut éloignée, Harrison avala une bonne gorgée de bière. Il détestait être au centre de l'attention.

—Alors, tu as eu une semaine mouvementée pour un gars qui avait prévu de vivre en ermite.

—Je suppose.

—D'après ce que j'ai entendu, Ivy a eu de la chance que tu sois là. Xander m'a dit que sa voiture était en piteux état.

Harrison pensa au terrain du flanc de la montagne.

— Ç'aurait pu partir en cacahouète assez facilement. Quelques mètres de plus dans l'une ou l'autre direction et elle n'aurait pas survécu à l'accident. Mais elle s'en est sortie avec des blessures minimes.

—De toute évidence, tu n'as pas pu la ramener en ville ce soir-là, à cause du temps. Mais je trouve très intéressant que, lorsqu'une voiture s'est présentée, elle ait choisi de rester avec toi. Et je trouve encore plus intéressant que tu l'aies laissée faire.

—J'étais censé la mettre à la porte ? Lui dire « Oh, je suis content que tu ailles bien. Tu n'es plus mon problème. Bonne chance et bon vent » ? Je ne suis pas salaud à ce point-là.

Imperturbable, Porter se contenta de lever un sourcil.

—Tu voulais lui dire tout ça ?

—C'est important ?

—Je pense que oui.

Harrison but une nouvelle gorgée de bière.

—Non, je ne voulais rien dire de tout cela.

—En fait, tu voulais qu'elle reste.

—Oui. C'est vrai. Et alors ?

—Alors, c'est révélateur. Tu t'es attaché à cette femme.

Mal à l'aise face à la justesse de cette observation, Harrison se fendit d'un sourire en coin.

—C'est comme ça qu'on dit de nos jours ?

Porter ne mordit pas à l'hameçon.

— On n'achète pas de fleurs à une femme qu'on trouve juste sexy. On ne la laisse pas rester des jours entiers, interrompant la solitude qu'on s'était fixée. Cette femme est importante pour toi.

Elle l'était. Et le fait que Porter l'ait si facilement deviné fit comprendre à Harrison que ses sentiments devaient être bien visibles. Ce qui signifiait que cette histoire le touchait bien plus profondément qu'il ne le voulait.

— Ça te va bien, poursuit Porter.

— Quoi donc ?

— De vivre. Ces dernières années, tu n'as fait que suivre le mouvement machinalement. C'est bon de voir que tu t'engages vraiment.

Harrison le regarda fixement.

— Tu as déduit tout ça grâce aux ragots de ton pote le shérif et à quelques fleurs ?

— J'ai déduit tout ça grâce à l'expression de ton visage quand tu parlais d'elle.

— Quelle expression ?

— L'expression qui dit que tu as trouvé quelqu'un qui vaut la peine de rester dans le présent et de regarder vers l'avenir au lieu de s'accrocher au passé.

« L'autre possibilité qu'elle ait est d'évaluer les opportunités qui s'offrent à elle et de choisir résolument la vie, choisir l'engagement, choisir les sentiments. »

C'ÉTAIT VRAIMENT dommage de ne pas prendre le temps de s'attarder dans la baignoire sur pieds, mais Ivy était bien trop excitée pour rester simplement assise à se prélasser dans les bulles. Le livre était en train de *cuire*. Elle avait réglé cinq alarmes pour s'assurer d'être prête à temps pour son dîner avec Harrison, de crainte de se laisser absorber à nouveau et d'être encore dans son uniforme d'auteur (leggings, vieux sweat-shirt de son université, chignon désordonné, pas de maquillage), au moment où il arriverait. Non pas qu'il ne l'ait pas déjà vue dans un état désastreux, mais elle voulait lui en mettre plein les yeux, au cas où il aurait des doutes quant à leur « relation ».

Les choses étaient allées très vite entre eux, à cause de la situation très rapprochée dans laquelle ils se trouvaient. Elle avait été obligée de prendre de la distance pour son travail, mais... et si entre-temps, il avait changé d'avis à son sujet ? Et si elle s'était fait tout un film sur ce qu'ils étaient ou pourraient être l'un pour l'autre, et que le type qui viendrait la chercher était... différent ? Et si l'intimité qu'ils avaient partagée n'était qu'une illusion ? Ces questions avaient suffi à la faire flipper, alors elle s'était plongée dans le livre, plaçant inéluctablement Annika sur le chemin de Michael. Mieux valait l'obliger, lui, à regarder les choses en face que de devenir folle en essayant de faire pareil.

Mais maintenant qu'elle avait laissé de côté le livre, toutes ses angoisses étaient revenues au galop. Comment devait-elle l'accueillir ? L'attraper par le devant de sa chemise et l'entraîner dans sa chambre n'était probablement pas la bonne façon de procéder, même si elle en mourrait d'envie. Une étreinte ? Un baiser sur la joue ? Devait-elle prendre les devants ou attendre de voir ce qu'il ferait ? Devrait-elle recommencer à zéro pour regagner sa confiance ? Ou bien serait-il le même homme qui lui avait fait perdre la tête avec un long baiser sous le porche lorsqu'il était parti, il y a deux jours ?

À deux doigts de faire les cent pas, Ivy se rassit devant son ordinateur portable.

— Si tu veux rendre quelqu'un cinglé, attaque-toi à Michael.

Elle se replongea dans l'histoire, suffisamment profondément pour que, lorsqu'on frappa à la porte un peu plus tard, il lui faille quelques instants pour se rendre compte de l'endroit où elle se trouvait.

Harrison.

Son cœur bondit de nervosité et d'excitation. S'écartant du bureau, elle se précipita, pieds nus, à travers la pièce, avant de s'arrêter, la main sur la poignée, pour essayer de reprendre son calme et de ne pas avoir l'air aussi impatiente et enthousiaste qu'elle l'était. Prenant quelques inspirations apaisantes, elle plaqua un sourire sur son visage et ouvrit la porte.

Un énorme bouquet de fleurs lui bloqua la vue.

Des fleurs ?

Levant les yeux, elle aperçut Harrison derrière le bouquet, les oreilles légèrement rosies, l'air très mal à l'aise.

Le sourire figé se transforma en un sourire sincère.

— Tu m'as apporté des fleurs ? Ohhhh.

Tendant la main vers Harrison qui lui présentait le bouquet, elle le prit et enfouit son visage dans les fleurs parfumées.

Toute la nervosité, toutes les angoisses et les doutes s'évanouirent. Il lui avait apporté des fleurs. Un homme n'offrait pas de fleurs à une femme qu'il n'aimait pas, ou avec laquelle il avait l'intention de rompre. Les fleurs, surtout celles-là, demandent un peu de réflexion et d'organisation. Il avait donc pensé à elle comme elle avait pensé à lui.

Un peu étourdie par le soulagement, elle lui sourit.

— Entre.

Après un moment d'hésitation, il pénétra dans sa chambre. Un peu tard, elle regarda autour d'elle se demandant dans quel état elle avait laissé l'endroit. Heureusement, cela ne faisait pas assez longtemps qu'elle était plongée dans le livre pour que la pièce se soit transformée en porcherie. Il n'y avait pas de pile de vêtements sales sur le sol et le lit était fait, grâce au personnel de l'auberge. Bien sûr, cette pensée lui donna envie illico d'y jeter Harrison et de mettre sens dessus dessous cette couette impeccable.

— Elles sont magnifiques. Il faudra que je demande à Pru un vase pour les y mettre.

S'agitant un peu, Harrison se frotta la nuque avec une main.

— J'aurais dû y penser.

Voulant le mettre à l'aise, elle se hissa sur la pointe des pieds et déposa un baiser sur sa joue.

— Tu as pensé à *moi,* et j'apprécie beaucoup. Merci.

Il glissa une main autour de sa taille et plongea ses yeux sombres dans les siens avec une intensité telle qu'elle en eut des papillons dans le ventre.

— Je n'ai pas pensé à grand-chose d'autre ces derniers jours.

Elle sentait que l'aveu lui avait coûté. Peut-être leur séparation avait-elle été aussi pénible pour lui que pour elle ? Mettant les fleurs de côté pour ne pas les abîmer, Ivy se précipita sur lui, sentant toute sa nervosité fondre lorsque ses bras l'enlacèrent. Il glissa sa large main dans ses cheveux, inclinant la tête pour l'embrasser. Puis ses lèvres se posèrent sur les siennes et tous les doutes, toutes les questions s'évanouirent.

Elle ne s'était pas fait un film, tout cela n'était pas le fruit de son imagination. Il avait encore envie d'elle et, bon sang, ce qu'elle avait envie de lui. Ressentant le besoin de se rapprocher de lui, elle fit remonter ses mains sur ses épaules pour les bloquer derrière son cou. Peut-être que le scénario où elle le jetait sur le lit n'était pas une si mauvaise idée, après tout ?

— Hé Ivy, as-tu besoin de… oh !

Sentant ses joues devenir cramoisies, Ivy recula pour jeter un coup d'œil vers la porte encore ouverte où se tenait Ari, la fille adolescente de Pru.

La jeune fille ne prit même pas la peine de dissimuler son sourire.

— Désolée.

Ivy dut s'éclaircir la voix pour parler.

— Ce n'est pas grave. Ai-je besoin de quoi ?

— Je l'ai vu apporter des fleurs, alors j'ai pensé que tu aurais besoin d'un vase.

Elle brandit celui qu'elle portait.

— C'est très gentil. Merci, Ari.

La jeune fille pénétra dans la pièce et avança pour poser le vase sur une table.

— Je vais juste le mettre ici et vous laisser tranquilles - reculant précipitamment, elle attrapa la porte et la referma derrière elle - bonne nuit !

En riant, Ivy laissa tomber sa tête sur la poitrine de Harrison.

— Bon, eh bien, maintenant, je me sens trop gênée pour faire ce que j'ai vraiment envie de faire.

— Quoi donc ?

Elle releva la tête.

— Te montrer à quel point ce lit est douillet et moelleux.

Le désir s'alluma dans ses yeux.

— Il y a toujours moyen plus tard.

— Plus tard, ça me plaît bien.

— Et en attendant ? Où en est le livre ?

Elle se dégagea, le prit par la main et l'entraîna vers son nouvel ordinateur portable. Triomphalement, elle pointa du doigt vers le bas de l'écran.

— Tadam ! Et voici le nombre de mots !

Harrison haussa les sourcils.

— Tu as pondu près de *dix-sept mille mots* en deux jours ?

— Un peu, mon neveu ! Mon cerveau sera en compote quand ce livre sera terminé, mais je vais le finir. C'est ce qui compte.

— C'est fantastique.

— Ce qui est encore plus fantastique, c'est que c'est du bon boulot. Quasiment ce que j'ai fait de mieux. Je veux dire, à mon avis. Je ne suis probablement pas tout à fait impartiale à ce stade. Mais j'adore l'histoire. J'adore avoir la possibilité de découvrir toutes les strates des personnages et de dévoiler au lecteur bien plus que ce qu'il avait vu auparavant - serrant la main de Harrison en signe de gratitude, elle lui sourit - tu as été le premier à le voir. Je n'aurais pas pu faire ça sans toi. Tu m'as aidée à retomber amoureuse de l'écriture.

Et peut-être de toi aussi, et pas qu'un peu.

Cette révélation lui fit l'effet d'un couteau glissant entre ses côtes, la laissant stupéfaite et à deux doigts de paniquer. *Oh, mon Dieu.*

C'était trop, ça allait trop vite. Ce n'est pas ce qu'elle cherchait. Elle ne pouvait pas être amoureuse de lui. Pas vraiment. C'était juste du désir. Non ?

—Tu as besoin de prendre des notes ?

Ivy cligna des yeux.

—Quoi ?

—Tu as l'air distrait, comme si tu venais d'avoir une super idée d'intrigue. Il faut que tu la notes avant qu'on parte dîner ?

Le fait qu'il y ait pensé, qu'il le lui ait proposé, fit battre la chamade à son cœur. Merde. Ce n'était pas que du désir.

—Non. Non, je suis sûre que je ne l'oublierai pas, celle-là - serrant sa main, elle s'éloigna pour aller prendre ses chaussures, heureuse de pouvoir cacher son visage pendant un instant - allons dîner.

12

— A lors, si j'ai bonne mémoire, nous avions un marché - de l'autre côté de la table, Ivy s'adossa à sa chaise, un verre de vin à la main - une question pour dix mille mots. J'ai gagné une question trois quarts.

Et merde. Harrison avait espéré que ça lui sortirait de l'esprit. Ce n'est pas tant qu'il n'était pas prêt à lui parler de lui, mais il avait un peu peur de ce qu'elle lui demanderait.

— Tu ne peux pas poser une question partielle.

Elle fronça le nez avec un petit air pincé qui produisait un effet on ne peut plus adorable.

— Pas de souci. Je garde ces sept mille mots pour la prochaine fois. Il m'en reste toujours une.

Tu as accepté le marché. Se préparant psychologiquement, il reprit sa bière.

— Tout à fait. Pose ta question.

— Ça me trotte dans la tête depuis que tu m'as déposée à l'auberge - elle passa un doigt sur le rebord de son verre, inclinant la tête pour l'étudier - qu'est-ce que tu fais dans la vie pour pouvoir te permettre de rester ici à m'attendre ?

De toutes les questions qu'elle aurait pu poser, il ne s'attendait pas à celle-là. Soulagé et légèrement embarrassé, il s'installa dans son fauteuil, frottant sa cuisse de la paume de sa main.

— Oh, ça, bien sûr. Eh bien, il se trouve que je suis écrivain, moi aussi.

Ivy cligna des yeux.

— Quoi ? - l'expression stupéfaite de son visage fit regretter à Harrison de ne pas en avoir parlé plus tôt - pourquoi ne me l'as-tu pas dit plus tôt ?

Gêné, il haussa les épaules.

— On ne joue pas dans la même catégorie. Tu as figuré plusieurs fois sur la liste des best-sellers du *New York Times*, et je suis autoédité. Je veux dire, je me débrouille pas mal, je gagne ma vie. Mais je me suis dit que tu devais recevoir toutes sortes de demandes de la part d'écrivains en herbe ou nouvellement publiés qui veulent être présentés, ou entrer dans la cour des grands. Je ne voulais pas que tu penses que j'étais l'un d'entre eux.

Elle fit un signe de la main.

— Oh, ce débat snob entre éditeurs traditionnels et auteurs autoédités est dépassé depuis un moment. Les éditeurs indépendants ont plus que prouvé qu'ils étaient des entrepreneurs avisés. À mon avis, c'est plus difficile pour vous. Vous devez être à la fois auteur et éditeur. Je n'arrive pas à imaginer comment je pourrais en faire plus que ce que je fais déjà.

— En fait, pas vraiment. Je loue les services de mon éditeur et de mon dessinateur de couvertures. Et je parie que je suis beaucoup moins présent sur les réseaux sociaux et pour les fans que toi, tout simplement parce que je n'ai pas ce genre de public. Je ne suis pas connu, et cela me convient parfaitement, car cela signifie aussi que je n'ai pas la pression qui va avec. Je n'ai pas d'agent tout le temps sur mon dos et mon éditeur travaille selon mon emploi du temps, pas celui de quelqu'un d'autre. C'est plutôt pas mal, au fond.

— Oui, j'imagine - elle laissa tomber la tête en arrière et poussa un soupir - pas étonnant que tu aies été si perspicace à propos des problèmes que j'ai eus. Tu les *comprends*.

— Assez bien.

Lorsqu'elle se redressa, une lueur d'intérêt illuminait ses yeux.

— Alors, qu'est-ce que tu écris ?

Harrison hésita.

— Oh, allez. Tu ne peux pas me dire que tu es écrivain sans t'attendre à ce que je veuille parler boutique. Tout cela relève encore de la première question que j'ai posée. Tu écris des thrillers, toi aussi ? Tu es sacrément bon pour aider à construire des intrigues.

Il secoua la tête.

— J'écris de la science-fiction.

— Quel genre de science-fiction ? Du style... *Dune* ou *Alien*, ou alors du *space opera*, ou quoi ?

— C'est un peu à la frontière entre *Firefly*, *Le Trône de fer* et *La Guerre des étoiles*.

Les yeux d'Ivy s'illuminèrent.

— Ça a l'air épique. Pourquoi la science-fiction ?

C'était une tournure logique pour la conversation. Elle-même lui avait expliqué pourquoi elle écrivait des thrillers. Mais les raisons qui lui avaient fait choisir ce type de fiction se rapprochaient un peu trop des fantômes qu'il s'efforçait de fuir.

L'expression d'Ivy s'adoucit et elle posa sa main sur la sienne, au-dessus de la table. job

— Ce n'est pas grave. J'ai épuisé ma question.

Quel genre de lâche était-il ? De quel droit avait-il décrété qu'elle devait *gagner* le droit de le connaître ? Il voulait plus qu'une simple relation physique avec elle, et cela impliquait de se livrer davantage, y compris sur les aspects les moins reluisants de sa vie. Cela signifiait instaurer un rapport, plutôt qu'éviter les questions et détourner la conversation. Il ne lui dirait pas tout. Il en était incapable. Mais il pouvait lui raconter les grandes lignes.

Prenant sa main dans la sienne, il déglutit.

— Tu ne t'es pas trompée dans ton profil : j'ai quitté l'armée, il y a trois ans. La transition fut... difficile – il était vraiment le Capitaine des euphémismes. Mais il ne pouvait se résoudre à revenir sur ces six premiers mois - je me suis engagé à dix-huit ans et j'ai gravi les échelons. C'est tout ce que j'ai connu dans ma vie d'adulte. Ces hommes et ces femmes étaient ma famille. Et j'ai perdu trois d'entre eux à cause d'une décision que j'ai prise.

Ivy serra ses doigts dans les siens, mais elle ne dit rien, ne prononça aucune fausse platitude. Et quelque part, cela lui rendit la tâche un peu plus aisée.

Harrison prit une gorgée de bière pour humidifier sa gorge desséchée.

— Je n'ai pas bien réagi. Je me repassais en boucle ce qui s'était passé pour essayer de comprendre ce qui m'avait échappé, ce que j'aurais pu faire pour changer l'issue - il avait aussi revécu la scène, pendant environ dix-huit mois. Mais ses crises s'étaient faites de plus en plus rares. Celle qu'il avait eue à la cabane avait été la première depuis plus d'un an. Et elle n'avait pas donné lieu à un véritable flashback. Dieu merci - ma thérapeute m'a suggéré d'écrire à ce sujet. Elle me conseillait de tenir un journal, mais c'était trop... proche. Trop personnel. Je ne pouvais pas aborder directement ce qui s'était passé sans me retrouver exactement au même endroit. J'ai donc fini par créer un personnage, et transféré toute cette histoire dans un autre monde. Très vite, j'ai imaginé au moins une dizaine de versions de ce qui aurait pu se passer différemment. Et la plupart d'entre elles impliquaient des technologies qui n'existent pas, des renseignements que je n'avais pas. Impossibilité sur impossibilité. Parce qu'en réalité, je n'aurais rien pu faire différemment. Tout simplement parce que je ne suis pas Dieu.

Ces yeux vert argenté, fixés sur lui, brillaient d'empathie.

— Oui, tu avais raison sur ce point aussi – poursuivit-il en grimaçant - le fait de le savoir ne rend pas la vie plus facile. Ça ne change rien à ce qui s'est passé. Mais écrire comme ça... ça m'a permis d'être Dieu, à mon petit niveau. Du coup, j'ai choisi le scénario le plus solide du lot et imaginé ce qui serait arrivé à ces hommes, s'ils avaient vécu.

Elle caressait le dos de sa main de son pouce, un rythme doux et apaisant.

—Cela t'a aidé ?

— Un peu. J'ai toujours aimé les aventures et la science-fiction quand j'étais enfant, et il s'est avéré que j'avais des aptitudes pour en écrire. Comme cela signifiait que je pouvais fixer mes propres horaires et éviter les gens, cela semblait être le job idéal pour moi - il soupira - enfin, ça l'était. Tu n'es pas la seule à avoir le syndrome de la page blanche.

—C'est pour ça que tu es venu ici ? Comme moi ?

—Quelque chose comme ça.

Il pensa à Ty et se demanda comment son ami tenait le coup. Mais il n'était pas prêt à parler de l'enterrement, ni des fantômes qu'il avait réveillés.

—Eh bien, tu m'as sacrément bien conseillé pour l'intrigue de mon livre. Je peux peut-être te rendre la politesse. Où es-tu coincé ?

—Je dois décider si je peux continuer.

—Avec le livre actuel ?

— Avec tous. J'en suis à trois romans, et la guerre qu'ils mènent n'est pas terminée. Je ne suis pas sûr qu'elle le sera un jour - parce qu'il ne savait pas si la sienne le serait un jour - le quatrième livre traîne en longueur parce que je ne sais pas comment le finir. Je ne sais pas si mon héros peut continuer à se battre. Je ne sais pas si, moi-même, je peux continuer à le faire. J'ai donc envisagé pour lui un départ en apothéose pour pouvoir achever la série.

Saisissant l'expression de désarroi sur le visage d'Ivy, il lui serra la main.

— Ce n'est pas une métaphore. Je n'envisage pas de me suicider. Je pense juste que l'écriture a peut-être fait son temps. Au départ, c'était un moyen de comprendre comment mes hommes auraient pu vivre, et ça a fini par être un moyen de les laisser vivre. Ce côté-là était bien. Mais cela n'a pas exorcisé mes démons, et je ne suis pas sûr que ce soit une bonne chose de coucher sur le papier toutes mes pensées et mes souvenirs sur cette horreur, même avec des lasers et des vaisseaux spatiaux. Ça les maintient... trop dangereusement présents.

Ivy resta silencieuse pendant un long moment.

— Peut-être que la réponse ne consiste pas à essayer de réécrire le passé, mais à écrire un futur différent ? Je ne connais pas ton histoire ni le contexte dans lequel évolue ton héros, mais peut-être que pour pouvoir laisser la guerre derrière toi, ton héros doit faire de même.

Harrison fronça les sourcils.

— Le faire tout plaquer ? Mais ça aurait l'air de quoi ?

— Je ne sais pas. Mais c'est la troisième option, qui n'implique ni de continuer à se battre ni de faire le sacrifice ultime. Ça te donne la possibilité d'écrire d'autres histoires. Si c'est ce que tu veux faire.

L'idée continua de lui trotter dans la tête tandis qu'ils terminaient leur repas. Voulait-il écrire d'autres histoires ? S'il n'écrivait pas sur les horreurs de la guerre, il ne savait pas quelles histoires il pourrait raconter. Mais en aidant Ivy à enfiler son manteau et en lui offrant son bras pour la raccompagner jusqu'à la Jeep, il savait que la seule histoire qu'il était certain de vouloir continuer était la leur.

HARRISON ÉTAIT RESTÉ silencieux pendant le trajet de retour à l'auberge.

Ivy s'inquiétait de le voir trop perdu dans ses pensées. Peut-être que les questions qu'elle lui avaient posées avaient fait remonter à la surface les souvenirs qu'il essayait d'oublier. Devant sa décision inattendue de s'ouvrir à elle, son cœur se serra, sachant combien cela avait dû lui coûter. Elle comprenait sa réticence. Qui voudrait parler de l'enfer qu'il avait vécu ? Et pourtant, il était évident que cette expérience était toujours présente en lui. Il avait vécu avec elle, tantôt lui tournant autour, tantôt l'attaquant de front. Et rien de tout cela ne l'avait aidé à l'accepter. Peut-être que seul le temps ferait son œuvre, mais cela n'empêchait pas Ivy de vouloir l'aider.

Son instinct lui disait qu'il ne devrait pas rester seul ce soir. C'était elle qui s'était aventurée sur ce terrain et avait abordé le sujet. Il avait dit lui-même qu'elle était une bonne distraction. C'était le moins qu'elle puisse faire pour lui. Le maintenir dans le moment présent, avec elle. Lorsqu'ils arrivèrent à l'auberge, elle le prit par la main.

— Monte.

Elle crut un instant qu'il allait refuser. Puis il referma ses doigts sur les siens.

Il la suivit en silence dans l'escalier. Ils ne croisèrent ni la famille de Pru, ni aucun des autres clients. Ivy déverrouilla sa chambre et ils entrèrent. Une seule lampe éclairait la pièce d'une douce lueur. Les fleurs qu'elle avait disposées dans le vase avant de partir dîner embaumaient l'air. Posant son sac à main à proximité, sur le bureau, elle ferma la porte à clé et se tourna vers Harrison.

À présent, son attention était entièrement sur elle. La façon dont il la regardait lui plaisait, comme si elle était le centre de tout. Son véritable nord. C'était surprenant et romantique, cela lui donnait l'impression d'être belle et sexy, tout simplement plus que ce qu'elle était en réalité.

S'avançant vers lui, elle posa les mains sur son torse, se hissant sur la pointe des pieds pour frôler ses lèvres d'un baiser. Un simple effleurement au lieu des baisers gourmands qu'ils avaient partagés précédemment. Elle ne voulait pas se précipiter. Ses mains se glissèrent à l'intérieur de son pardessus, remontant le long de ses épaules pour l'enlever. Il la rapprocha de lui en tirant sur son manteau, ses doigts s'attaquant rapidement aux boutons, et imitant son geste, il glissa ses mains le long de son épine dorsale et l'attira contre lui.

Toute cette chaleur et cette force étaient grisantes, tout comme l'était sa saveur, tandis qu'il accueillait ce baiser profond, plongeant sa langue dans sa bouche. Ivy se perdit pendant quelques secondes, quelques minutes, tout en caressant sa langue de la sienne. Puis il lui ôta sa robe et suivit le mouvement de ses lèvres qu'il fit glisser sur chaque nouveau centimètre de peau exposée.

Elle ne pourrait jamais s'en lasser.

Sachant qu'il pouvait prendre le contrôle de la situation, et voulant se rassasier de lui avant qu'il ne le fasse, elle se fraya un chemin à travers la brume de la luxure pour déboutonner sa chemise, l'enlever et faire de même avec son maillot de corps, afin de pouvoir déposer un baiser sur la peau lisse et chaude de son torse, sur un cœur qui battait aussi fort et aussi vite que le sien. Un grondement de plaisir s'échappa de la poitrine de Harrison, et il glissa sa main dans les cheveux d'Ivy, la retenant ainsi un long moment.

Ivy leva son regard vers le sien et sentit son propre pouls s'accélérer. Elle y décela l'intensité qu'elle avait appris à désirer, et l'envie aussi. Mais derrière tout cela, elle percevait une vulnérabilité inattendue. Comme s'il abandonnait de son plein gré ses défenses pour la laisser entrer.

Elle tendit le bras pour encadrer son visage, murmurant son nom alors qu'elle l'embrassait à nouveau, essayant de communiquer sans paroles ce qu'elle osait à peine s'avouer à elle-même.

Je t'aime.

Il était tellement, mais tellement facile de se perdre en lui. Elle pouvait juste espérer qu'il ressentait la même chose.

Il dégrafa son soutien-gorge, accompagnant la bretelle de ses lèvres tout en la retirant, puis se pencha pour prendre un mamelon dans sa bouche. Les genoux d'Ivy flanchèrent, mais Harrison la souleva jusqu'à ce que ses jambes puissent s'enrouler autour de sa taille, plaçant le renflement de son érection contre son sexe. Voulant sentir plus de pression, plus de friction, elle se frotta contre lui. Il enfonça les mains dans ses fesses en poussant un grognement. Puis ils basculèrent sur le lit et Harrison ne fit plus peser tout son poids sur elle, tandis qu'il éloignait sa bouche pour lui retirer ses sous-vêtements.

Elle commença à gémir, à exiger, mais il pressa sa bouche contre sa chatte et elle ne réussit qu'à prononcer son nom dans un halètement, enfouissant ses doigts dans les cheveux de Harrison tandis qu'il la faisait grimper lentement, impitoyablement, de plus en plus haut. Elle fut assaillie, par vagues, de sensations délicieuses qui la rapprochaient de plus en plus de l'extase, jusqu'à en être anéantie, endolorie, juste capable de murmurer son nom comme une prière afin qu'il la délivre. C'est à ce moment-là qu'il la fit chavirer. Elle eut du mal à retenir un cri lorsque l'orgasme l'emporta, tel un raz-de-marée.

Le lit s'inclina et grinça lorsqu'il s'y glissa, entièrement nu. Mais il ne s'allongea pas sur elle, ne s'installa pas entre ses cuisses. Au lieu de cela, il s'étendit à côté d'elle, passant une main douce dans ses cheveux, le long de son bras, sur la courbe de sa hanche, tandis qu'elle tremblait sous l'effet de l'intense émotion.

— Tu es si belle.

Quand il la regardait ainsi, elle le croyait.

Revenant à elle, elle roula vers lui, se rapprochant pour le toucher et le goûter. Se laissant tomber en arrière, il la laissa explorer ce corps qu'elle avait si bien appris à connaître en si peu de temps. Elle avait déjà remarqué les cicatrices, souvenirs physiques de la vie qui avait été la sienne. Elle les avait ignorées, ne voulant pas attirer indûment l'attention sur elles. Il ne lui avait parlé d'aucune d'entre elles. Mais elle avait fait suffisamment de recherches pour comprendre le type de blessures à l'origine de chacune. Toutes avaient cicatrisé depuis longtemps, certaines mieux que d'autres. Mais elles représentaient autant de blessures plus profondes, des blessures qu'elle voulait combattre avec la tendresse. Cette fois-ci, elle s'arrêta pour déposer un baiser lent et prolongé sur chacune d'entre elles, parcourant de ses doigts, puis de ses lèvres, la boursouflure d'une épaule qu'une balle avait transpercée.

Harrison se raidit et Ivy hésita, les yeux rivés sur son visage. Il laissa échapper une longue respiration contrôlée, l'observant en silence de ses yeux sombres tandis qu'elle baissait lentement la tête pour déposer un long baiser sur l'ancienne blessure. Il se détendit peu à peu, au fur et à mesure qu'elle poursuivait son exploration : l'entaille où un couteau avait glissé sur ses côtes, le nœud dans sa cuisse, souvenir d'un éclat d'obus. Avec une patience et une tendresse infinies, elle fit l'amour à son corps de guerrier, jusqu'à ce qu'il murmure son nom dans un souffle, en lui tendant la main.

— Besoin de toi maintenant.

Son cœur fit un bond. Cet homme, si expérimenté, si maître de lui, avait besoin d'elle.

Il la fit remonter le long de son corps, ses mains s'enroulant autour de ses hanches, lui montrant clairement qu'il la possédait, tandis qu'il la poussait à le chevaucher. Elle garda son regard fixé sur le sien pendant qu'elle déroulait un préservatif et emboîtait leurs corps, puis elle se pencha pour caresser son visage tout en l'accueillant en elle. Les yeux de Harrison se plissèrent, mais restèrent rivés sur les siens tandis qu'il balançait son bassin vers le haut pour la rejoindre. Elle poussa un gémissement de satisfaction long et grave, en contrepoint de son juron révérencieux à lui. S'appuyant contre sa poitrine, elle le chevaucha, maintenant un rythme lent et sinueux, voulant faire durer le plaisir le plus longtemps possible. Et lorsqu'ils commencèrent tous deux à gravir les cimes du plaisir, elle saisit sa bouche et avala son gémissement de jouissance avec le sien, avant qu'ils ne s'affalent l'un sur l'autre.

Harrison récupéra le premier, se retirant avec précaution, et alla faire le nécessaire avant de revenir au lit et de l'attirer contre lui pour se blottir derrière elle. Elle se pelotonna à lui, appréciant la sensation de sa main dessinant paresseusement des motifs sur son ventre et sa présence robuste dans son dos.

Voilà ce qu'elle voulait. Ce confort, cette chaleur, ce lien entre eux. Et pas que la semaine suivante. Pas que le mois suivant. Il était très facile de s'imaginer ainsi leur nouvelle vie, à tous les deux. Un quotidien où elle écrivait, où il écrivait, où ils menaient une vie parfaite et agréable, à l'enseigne de la créativité. Et c'était probablement totalement insensé. Comment est-ce que ça, et rien que ça, pouvait ressembler aussi rapidement aux fondations d'une relation ?

Et pourtant c'était le cas. Être avec lui semblait... juste.

Elle ne pouvait pas en parler, pour l'instant. C'était trop sérieux, trop rapide. Et ils avançaient déjà à la vitesse de la lumière. Mais elle pouvait demander, juste pour cette nuit.

— Tu restes ? murmura-t-elle.

Il inspira lentement et déposa un baiser sur son épaule.

— Non.

Cette réponse lui fit écarquiller les yeux, et réduisit en miettes sa lueur d'espoir.

—Non ?

— Tu as du travail. Si je reste, tu vas rester réveillée une bonne partie de la nuit et tu ne seras pas en état d'écrire demain.

Elle se retourna pour lui faire face.

—Mais...

—Tu sais que j'ai raison.

La courbe de ses lèvres avait un air suffisant et arrogant mais il y avait autre chose qu'elle ne parvenait pas à déchiffrer.

C'était peut-être le fruit de son imagination. Les orgasmes avaient dû lui griller le cerveau. Il n'avait pas tort.

—Parfois, je déteste quand tu es terre-à-terre.

—Tu me remercieras plus tard.

Elle le ferait probablement, mais cela ne changeait rien au fait qu'il lui manquerait. Une fois de plus.

—Quand est-ce qu'on se revoit ?

— Si tu as réussi à écrire dix-sept mille mots sans me voir pendant deux jours, quelle quantité pourras-tu pondre en plus de temps ?

Ivy se renfrogna.

—Ce n'est pas le genre de carotte sur un bâton que j'espérais, Harrison.

Il s'esclaffa.

— Peut-être pas. Mais j'ai moi aussi besoin de travailler. Je veux réfléchir à ce que tu as dit, prendre des décisions à propos de ce livre et de ma série. Et je ne peux pas le faire si je suis tenté de te voir avant la fin de la semaine.

Elle faisait la tête. Une moue boudeuse, lèvres pincées et en avant, comme cela ne lui était pas arrivé depuis son enfance. Elle en était consciente, mais ne pouvait s'en empêcher.

—La fin de la semaine ?

Harrison l'embrassa à nouveau et s'éloigna pour aller s'habiller. Elle ne put éviter de le vivre comme un rejet. Privée de sa chaleur, elle tira les couvertures sur sa poitrine.

Il tira sur son T-shirt.

— Vendredi. Disons vendredi. Et faisons le maximum tous les deux, dans l'espoir de prendre une pause qui dure plus qu'une soirée. Nous passerons le week-end ensemble.

La perspective de passer plus de temps ensemble était très attrayante. Et si elle s'y mettait à fond, alors peut-être, peut-être qu'elle aurait presque fini. Ou qu'elle aurait suffisamment avancé pour envoyer quelques trucs à Marianne et obtenir un sursis, de façon à pouvoir s'adonner entièrement à lui à nouveau.

— Eh bien, si c'est ta meilleure offre, je suppose que je vais devoir l'accepter. Mais vendredi en journée. Genre, en milieu d'après-midi.

— Ça m'a l'air d'être un bon plan.

Elle commença à rassembler ses vêtements.

— Je t'accompagne.

Harrison posa une main sur son épaule, la pressant de rester au lit.

— Non, je connais le chemin. Et je préfère conserver ton image nue et comblée dans ma tête pour me tenir chaud sur le chemin du retour.

Elle arqua un sourcil.

— C'est ça, l'expression de mon visage en ce moment ?

Son rire spontané la remit à l'aise.

— Je dirais que tu es quelque part entre comblée et énervée.

— C'est à peu près ça.

— Garde ça pour vendredi. Tu pourras me sauter dessus autant de fois que tu le voudras.

Passant une main dans ses cheveux emmêlés, elle le fixa du regard.

— Je te prendrai au mot.

Il sourit.

—J'y compte bien.

Un dernier baiser rapide et brûlant, et il était parti.

Ivy se laissa tomber sur le lit, un bras sur les yeux. Ce n'était vraiment pas comme ça qu'elle aurait voulu que la nuit se termine. Mais il avait probablement raison à propos de la productivité. Alors elle ferait mieux de mettre à profit cette interruption et de finir ce foutu livre.

13

Quitter Ivy l'autre soir avait demandé à Harrison tout son self-control. Cela avait été plus difficile que de la laisser à l'auberge la première fois, plus difficile de retourner dans le vide rempli d'échos de la cabane, sachant qu'il n'y trouverait probablement pas ce qu'il était venu chercher au départ. Mais c'était le mieux à faire, pour tous les deux, à ce moment-là. Elle avait besoin de travailler. Il avait besoin de se remettre les idées en place. Parce qu'il était assailli de toutes sortes de pensées bien trop sérieuses et bien trop prématurées, et en restant, il n'aurait pas pu s'empêcher de les exprimer, ce qui aurait fait fuir Ivy en quatrième vitesse.

Sa réaction, logiquement, avait été de s'éloigner de la tentation. Et il avait été sincère en lui disant qu'il devait réfléchir aux propos qu'elle avait tenus pendant le dîner.

« Peut-être que la réponse ne consiste pas à essayer de réécrire le passé, mais à écrire un futur différent ? Peut-être que pour pouvoir laisser la guerre derrière toi, ton héros doit faire de même. »

Cooper Royce croyait en sa mission. Même lorsqu'elle était sans espoir. Il savait que la guerre n'aurait pas de fin, pas de son vivant. Mais il se battait quand même, parce qu'il croyait que c'était ce qu'il fallait faire. Il lui fallait un but parce que... il fallait un but à Harrison. Tout l'intérêt des livres, pour lui, avait consisté à explorer ces millions de scénarios alternatifs, ce qui aurait pu se passer autrement, et permettre à ses hommes de continuer à vivre, pour ainsi dire. C'est ce qu'il avait fait. Alors, quel but restait-il ? Pour lui ? Pour Coop ?

Harrison ne se voyait pas écrire pour le plaisir d'écrire. Il aimait cela. Mais il avait besoin d'une motivation plus impérieuse pour continuer à sonder l'enfer qu'il avait vécu. Encore une fois, c'était la thèse d'Ivy : lui et Coop avaient peut-être besoin d'explorer de nouvelles frontières. Quelles seraient-elles ? Coop avait un sens moral bien trop solide pour tout plaquer sans raison valable. Mais, tout comme Harrison, il avait été mis à rude épreuve par ce combat interminable et épuisant, sans réussir à faire une différence.

Tu as fait la différence, au moins pour quelques personnes.

Il avait reçu une douzaine de mails de fans, des militaires en difficulté, qu'il avait conservés. Des gars qui avaient quitté l'armée et avaient du mal à s'adapter à la vie civile. Ils avaient tous trouvé du réconfort en voyant leurs difficultés reconnues, en lisant ses histoires dans lesquelles ils se retrouvaient. Harrison ne pensait pas mériter leurs éloges. Il avait écrit ces livres pour lui-même. Pour ses hommes. Il ne pensait pas toucher quelqu'un d'autre.

Le premier message l'avait fait pleurer. Un ancien marine, qui avait perdu ses deux jambes à cause d'une bombe au bord d'une route, au Moyen-Orient. Il était au bord du suicide lorsqu'il était tombé sur le monde d'*Aegis Quadrant*. Il s'était senti proche de Coop et avait vu en lui un je-ne-sais-quoi qui l'avait poussé à continuer, à se battre pour vivre un jour de plus. C'est ce mail qui avait empêché Harrison de suivre le même chemin. Il y en avait eu d'autres, tous surprenants, qui l'avaient touché au plus profond de son âme. Ces hommes avaient, en quelque sorte, trouvé la force de continuer parce que Coop l'avait fait. Parce que son esprit indomptable ne lui permettait pas de faire autrement. Parce qu'en fin de compte, malgré tout ce qu'il avait perdu, il avait réussi à sauvegarder la denrée la plus rare de la galaxie : l'espoir.

Mais Harrison ne savait pas comment continuer à défendre cette notion. Car, à vrai dire, il l'avait lui-même perdue, à force de se battre contre ses démons. Si c'était tout ce qu'offrait la vie, quel était l'intérêt de maintenir le cap ? Comment pouvait-il éviter de se sentir comme un imposteur lorsqu'il faisait passer ce message ? Il s'était limité à survivre. Et il ne s'en était même pas rendu compte jusqu'à l'arrivée d'Ivy.

Elle l'avait réveillé, avait fait repartir dans sa poitrine le cœur qui était mort trois ans auparavant. Elle lui avait donné envie de s'écrire un autre avenir, qui soit une vraie vie et pas l'ombre d'existence qu'il avait vécue jusqu'alors. Un avenir qui l'inclurait, elle.

Lorsqu'on frappa à la porte, Harrison se leva d'un bond, son cœur sautillant dans sa poitrine comme un chiot devant une balle toute neuve.

Ivy.

Il avait parcouru la moitié de la cabane avant de se forcer à ralentir. Elle n'avait pas de voiture, donc il était peu probable que ce soit elle. À moins qu'elle n'ait demandé à quelqu'un de l'accompagner en acheter une nouvelle pour pouvoir le surprendre ? Mu par cette idée, il franchit les derniers mètres qui le séparaient de la porte, luttant contre le sourire béat qui voulait s'afficher sur son visage.

La vue de Porter sous le porche lui fit perdre tout son enthousiasme. La réaction n'était pas juste envers son ami, mais Harrison ne se sentait pas particulièrement rationnel en ce moment. Il recula machinalement.

— J'espère vraiment que tu as apporté de la bière.

— Non.

Cette réponse brève, laconique, fit oublier à Harrison l'idée d'une nuit torride inopinée et l'amena à se concentrer sur Porter, qui se hâta d'entrer à l'intérieur. Sa mâchoire était contractée, son regard grave.

Harrison se crispa, en prévision du choc imminent.

— Qu'est-ce qui s'est passé ?

— Ty est allé voir la veuve de Garrett Reeves.

— Merde - Harrison se passa une main dans les cheveux en pensant à ses propres missions de visite aux familles des hommes qui étaient tombés sous son commandement. C'était pire que tout ce qu'il avait vu au combat – Il est vraiment mal en point ?

— Oui. Sebastian l'a retrouvé, ramassé sur un tabouret de bar et ramené chez lui, mais il aurait besoin de renfort. De certains d'entre nous qui sont passés par là.

À présent, il comprenait pourquoi Porter était venu.

— Il est question d'une intervention ou d'un risque de suicide ?

— Les deux.

Cela allait très vraisemblablement fissurer la carapace que Harrison avait eu tant de mal à se forger, et mettre à nu tout ce qu'il avait essayé d'oublier. Il allait revivre son traumatisme, encore plus intensément qu'en écrivant. Rien de tout cela ne l'enchantait. Mais son frère d'armes avait besoin de lui. Et rien d'autre ne comptait.

— Je vais faire ma valise.

Quelque part au cours des quinze mille derniers mots, les paupières d'Ivy commencèrent à ressembler à du papier de verre. Elle s'en moquait éperdument. Le livre était terminé. Ou du moins le premier jet. Il y aurait des relectures, des corrections et des épreuves à revoir avant sa sortie en librairie. Et uniquement si son éditeur donnait le feu vert. Mais elle avait un livre fini, avec un début, un milieu et une fin. Un livre dont elle était sacrément fière.

Il faudrait vraiment qu'elle l'envoie par mail directement à Marianne pour que cette dernière annule le tueur à gages qu'elle avait probablement engagé à l'heure qu'il était. C'est ce qu'elle lui avait promis. Et en réalité, elle n'avait pas dormi correctement depuis des jours et sa consommation de café avait allègrement dépassé la limite autorisée. Il lui fallait un avis extérieur pour savoir si ce livre était vraiment aussi bon qu'elle le pensait ou si elle était purement et simplement folle. Mais ce n'était pas l'avis de son agente qu'elle attendait avec impatience. Elle n'avait qu'une idée en tête : le montrer à Harrison. Ce livre n'avait vu le jour que grâce à lui. Elle mourait d'envie de savoir ce qu'il en pensait. Et, indépendamment du livre, elle souhaitait juste le voir, lui. Elle rêvait de ce week-end en tête-à-tête qu'il lui avait promis en guise de récompense.

Ayant copié le livre sur une clé USB, Ivy prit son manteau et se dirigea vers les escaliers.

— Salut, Ivy.

Elle se retourna et vit la fille de Pru sortir d'une des chambres, une pile de serviettes dans les bras.

— Salut, Ari.

— Où vas-tu si vite ?

— Voir Harrison.

— Dans cette tenue ?

Le ton sincèrement choqué dans la voix de la jeune fille arrêta dans son élan Ivy, qui jeta un coup d'œil à ses vêtements.

Elle portait un pantalon de pyjama en flanelle, un T-shirt des Titans du Tennessee avec une tache de café en plein milieu, et des pantoufles. Elle réalisa qu'elle ne se souvenait pas de la dernière fois qu'elle s'était douchée.

— Quel jour sommes-nous ?

Ari secoua la tête.

— Oh, ma chérie - passant un bras autour des épaules d'Ivy, la jeune fille la guida vers sa chambre – on est vendredi.

— Vendredi ? Oh, alors il va venir ici - elle consulta sa montre – Oh mon Dieu, il devrait arriver dans vingt minutes.

— Allez, à la douche ! Je vais t'apporter quelques crèmes du spa. Ça t'aidera à faire disparaître ces poches sous tes yeux.

Consciente que son discernement était altéré, Ivy se laissa guider. De retour dans sa chambre, Ari siffla.

— Oh putain !

Ivy n'avait pas vraiment remarqué jusqu'à présent le désordre qui régnait. Le lit n'était qu'un amas de couvertures. Des vêtements sales traînaient sur la moitié des meubles. Deux plateaux chargés de plus d'une douzaine de tasses de café vides étaient alignés sur le sol, le long d'un mur. Seul l'espace autour de son ordinateur portable était à peu près en ordre.

Une pointe d'embarras se fit sentir.

— Je suis vraiment désolée. D'habitude, je ne suis pas aussi bordélique, mais le livre avançait tellement bien que je n'ai pas remarqué. J'ai fini maintenant, je peux ramasser...

— Tu as fini le livre ?

— La première version en tout cas.

— Mais c'est *génial* ! - Ari la serra dans ses bras pour fêter ça – et maintenant, va prendre une douche. Je vais m'occuper de la chambre. Et s'il arrive avant que tu sois prête, on le fera patienter.

Sans attendre de réponse, elle poussa Ivy dans la salle de bain et ferma la porte derrière elle.

Parce que c'était plus facile que de discuter, et parce que l'euphorie associée au mot Fin s'était suffisamment estompée pour qu'elle se rende compte qu'elle avait plus l'air d'avoir dormi dans une écurie pendant une semaine que dans une auberge confortable et cosy, Ivy se déshabilla et sauta dans la douche. À peine le jet d'eau chaude toucha-t-il ses muscles noués qu'elle poussa un gémissement, prenant soudain conscience de toutes les douleurs qu'elle avait bloquées pendant les longues heures passées assise. Appuyant ses mains contre la paroi de la douche, elle baissa la tête et laissa l'eau couler sur son dos. Ce qui la ramena à la douche de la cabane et à toutes les choses délicieusement sexy qu'ils y avaient faites.

Mais ce n'était pas le sexe qui lui avait manqué, même si cet aspect-là était génial et qu'elle n'avait aucune intention de revenir aux orgasmes assistés par sextoys. C'était lui. Il la fascinait. Derrière cette attitude dure et taciturne, se cachait un homme qui prenait soin des autres, qui faisait ce qu'il fallait sans trop se préoccuper de lui-même. Indépendante comme elle l'avait toujours été, Ivy n'avait jamais imaginé qu'elle pourrait trouver cela si attirant. Mais grâce à lui, elle avait acquis un sentiment d'ancrage, elle s'était sentie choyée et, de façon générale, unique. Et elle en voulait plus. Elle voulait que cela continue, qu'ils dépassent le stade du moment présent. Était-il prêt à l'entendre ? Pourrait-il regarder au-delà de l'instant présent et se projeter vers l'avenir ? Elle était prête à le découvrir.

Le temps qu'elle se savonne, se passe un coup de rasoir, se shampouine et fasse le nécessaire pour se rendre présentable, Ari, - sans doute assistée par une escouade d'elfes de maison - avait fait des miracles dans sa chambre. Le lit était fait avec des draps propres et frais, les plateaux avaient été emportés et le linge était empilé dans un coin. Elle avait même déniché des vêtements propres dans la valise d'Ivy et les avait étalés sur la chaise. Un petit pot de crème pour le visage trônait sur la table de chevet, avec une note sur le côté : *Utilise-moi.*

Ivy en appliqua un peu et s'habilla. Puis, ayant recouvré sa lucidité, elle envoya la première version par mail à Marianne avant de repartir. Ari attendait dans le hall.

Ivy s'arrêta et écarta les bras.

— Suis-je présentable à présent ?

La jeune fille sourit.

— C'est beaucoup mieux. Allez, file lui en mettre plein la vue.

En toute simplicité, Ivy la serra dans ses bras.

— Merci, ma petite. Il est en bas ?

Ari secoua la tête.

— Il est peut-être en retard ?

L'horaire convenu était passé depuis une demi-heure. La dernière fois, il était arrivé en avance. Mais elle balaya cette vague appréhension et se rendit dans le salon de l'auberge pour l'y attendre. Voyant qu'il n'était toujours pas arrivé à l'heure du thé, Ivy commença à s'inquiéter. Elle aurait voulu l'appeler, mais évidemment, avec leur problème de communication, ils n'avaient même pas pris la peine d'échanger leurs numéros. Parce qu'ils étaient idiots.

Pru, qui débarrassait les verres des autres clients, lui adressa un sourire compatissant.

— Pourquoi n'emprunterais-tu pas ma voiture pour aller le voir ?

— Ça ne t'ennuie vraiment pas ?

— Pas du tout. Et si vous vous croisez, nous le remettrons sur la bonne route.

En quittant la ville, Ivy réussit à se convaincre qu'il avait trouvé son rythme de croisière avec son propre livre et avait perdu la notion du temps. Elle-même n'était pas vraiment sûre de savoir quel jour on était avant qu'Ari ne le lui dise. Son impatience grandissait à chaque kilomètre, l'euphorie du livre se mêlant à l'excitation de le revoir, lui, et à la légère appréhension de cette discussion sérieuse qu'elle voulait avoir avec lui. La tentation de chanter tout au long du trajet était forte, mais elle devait réfléchir à ce qu'elle allait lui dire. Elle s'autorisa un refrain motivant, *Crazy For You* de Madonna, avant de se concentrer sur cette question.

— Harrison, ces deux dernières semaines ont été extraordinaires. Tu es vraiment incroyable, et je veux te revoir. Sans engagement. Je sais que ni l'un ni l'autre ne sommes venus ici pour ça. C'est juste que… je ne veux pas que tu disparaisses de ma vie parce que nous n'avons pas échangé nos coordonnées - ses doigts tambourinaient sur le volant - ce n'est pas menaçant, pas vrai ? C'est lui qui donne le la. Je veux juste son putain de numéro de téléphone et son adresse mail.

Il ne pourrait pas refuser. Harrison Wilkes lui avait fait comprendre qu'elle lui plaisait.

Ivy chantait à nouveau de plus belle lorsqu'elle arriva à la cabane. *Don't Stop Believin'*, encore une fois. Et la boucle était bouclée puisque c'était en quelque sorte ce qui l'avait amenée à lui au début.

Mais lorsqu'elle s'engagea dans l'allée, ce n'était pas la Jeep de Harrison qu'elle trouva garée devant la cabane, mais un vieux modèle d'Explorer avec le coffre ouvert. Une femme sortit de l'habitation, jonglant avec un chariot rempli de produits de nettoyage et poussant un aspirateur.

— Je peux vous aider ?

Ivy chassa la confusion qui s'était emparée d'elle et s'efforça de sourire.

— Excusez-moi, je cherche Harrison Wilkes. Il séjourne ici. Nous étions censés nous retrouver en ville pour dîner ce soir, mais je pense que nous nous sommes peut-être mélangé les pinceaux. Savez-vous à quelle heure il est sorti ?

La femme descendait les marches en transportant l'aspirateur.

— Il n'y a plus personne ici. Le dernier client est parti.

— Parti ?

Elle acquiesça.

Cela n'avait aucun sens. Ils avaient des projets.

— Y avait-il un mot ou un message ?

— Pas que je sache, mais si vous voulez entrer et jeter un coup d'œil pendant que je finis de charger la voiture, vous êtes la bienvenue.

Ivy monta les marches, un effroi soudain ayant pris le pas sur son excitation. L'intérieur était impeccable. Pas de feu crépitant dans la cheminée. Pas de livres épars sur la table basse. Rien non plus sur les étagères. C'était une cabane vide, qui attendait son prochain locataire.

Peut-être qu'il en avait eu assez d'être aussi isolé et avait décidé de séjourner en ville ? Ivy retourna à l'extérieur.

— Savez-vous quand est parti le dernier client ?

— Il y a deux jours environ. J'ai reçu l'ordre de venir faire le ménage hier, mais je n'ai pu m'en charger qu'aujourd'hui parce que mon fils avait un rendez-vous chez le médecin.

Deux jours. Il était parti voilà deux jours. Il n'avait pas laissé de mot, pas d'adresse, n'était pas passé à l'auberge pour la voir. Il était parti, sans laisser de traces.

Harrison Wilkes, l'homme dont elle s'était crue amoureuse, à qui elle voulait proposer une vraie relation, l'avait ghostée.

*M*ERDE. *Merde. Merde. J'ai oublié d'avertir Ivy. Pourquoi ne lui ai-je pas demandé son numéro pour pouvoir l'appeler ou au moins lui envoyer un putain de texto ?*

Bon, en réalité, il n'aurait pas pu envoyer de texto, étant donné que son téléphone s'était retrouvé au fond du lac lorsque Ty avait pris ombrage de leur intervention. Il n'avait pas osé laisser son ami seul pour s'en procurer un autre. Ces derniers jours avaient été éprouvants, peu de sommeil et beaucoup d'inquiétude. Il avait complètement perdu la notion du temps. En quittant la ville, il avait voulu appeler l'auberge pour laisser un message à Ivy, mais le réseau était pourri, et une fois arrivé en Géorgie, les choses avaient tellement dérapé avec Ty qu'il n'avait pu penser à rien d'autre. Mais il n'aurait jamais imaginé que cela lui sortirait de l'esprit aussi longtemps : cela faisait plusieurs heures qu'il aurait dû passer la chercher.

Prenant le téléphone de Ty sur la table de nuit, il trouva Porter dans les contacts qui répondit à la première sonnerie.

—Ty ?

Jetant un coup d'œil vers le lit, Harrison sortit dans le couloir.

—C'est moi.

—Pourquoi m'appelles-tu du téléphone de Ty ?

— Il y a eu un incident avec le mien. Il est hors service. Écoute, j'ai merdé : j'ai oublié de prévenir Ivy que je n'allais pas pouvoir rentrer et je n'ai pas pu aller la chercher cet après-midi. J'ai besoin que tu lui transmettes un message comme quoi j'ai eu une urgence, et que je la contacterai dès que possible.

—Bien sûr. Tu penses que ce sera quand ?

— Je n'en suis pas sûr. Ty est HS depuis hier. On verra s'il décide de rejoindre le monde des vivants à son réveil et on avisera.

—Tiens-moi au courant.

La masse humaine sur le lit émit râle de buffle blessé.

—On dirait qu'il se réveille. Merci, mec.

Harrison raccrocha et retourna dans la chambre.

—Tu es vivant ?

Ty roula sur le dos et mit un bras sur ses yeux.

—Ça se discute.

—Tu veux l'être ?

Il s'immobilisa, le mouvement irrégulier de sa poitrine étant la seule chose qui indiquait qu'il était encore éveillé.

— Je suis presque sûr que Garrett reviendrait me hanter et me botter les fesses si je répondais autre chose que oui.

Après ce qui s'était passé ces derniers jours, c'était un progrès.

—Il y a du Gatorade et de l'aspirine sur la petite table, là.

Aspirant une bouffée d'air, Ty se redressa et grimaça.

—Je dois m'excuser pour quelque chose ?

— Tu veux dire avant ou après t'être saoulé la gueule à en devenir ivre mort et avoir tenté de piquer une tête dans le lac ?

— Merde. Je suis allé jusqu'où ?

— Pas loin.

Ils s'en étaient assurés. Harrison se demandait s'il se rappellerait quelque chose des trois derniers jours.

Ty avala quelques pilules avec son Gatorade et remua la mâchoire.

— Est-ce que je me suis battu ?

— Pas exactement. J'ai dû t'assommer pour t'enlever ton arme de service.

Il baissa lentement la bouteille.

— Est-ce que j'ai essayé de l'utiliser ?

— Pas contre nous.

Harrison n'était pas près d'oublier l'image de son ami, le canon d'un pistolet pointé sur sa tempe.

Ty ferma ses yeux injectés de sang. Lorsqu'il reprit la parole, sa voix était étouffée.

— Ça aurait dû être moi.

— Qu'est-ce qui aurait dû être toi ?

— C'est moi qui étais censé être assis à la place du mort ce jour-là. C'est ma jambe qui aurait dû être arrachée. C'est moi qui aurais dû mourir dans cet hélico. C'est ma faute.

Parce qu'il ne connaissait que trop bien le sentiment de culpabilité, Harrison garda un ton brusque.

— Tu dis des conneries.

— Mais...

— C'est toi qui as posé cette mine ? C'est toi qui as renseigné les insurgés sur l'itinéraire ? C'est toi qui as appuyé sur la gâchette contre tes propres hommes ?

— Bien sûr que non.

— Tu as fait ton putain de travail. Tu as défendu ta position et fait tout ce que tu pouvais.

— Je n'ai pas pu le sauver.

Ty baissa la tête, les épaules tremblantes.

Harrison tendit la main et saisit la sienne, soulagé de voir que Ty s'y accrochait au lieu de la lâcher.

— Parfois, on n'y arrive pas. Cela fait partie de la guerre.

— Je ne peux pas y retourner. Je ne peux pas repartir en mission en ayant ça dans la tête, dans le cœur. Je ne peux pas avoir la vie de quelqu'un d'autre entre mes mains comme ça.

— Il n'y a aucune honte à cela. Je ne pourrais pas y retourner non plus.

Harrison aspira une bouffée d'air, se préparant mentalement. C'était pour cela qu'il était venu, c'était pour cela que Porter l'avait traîné ici. Parce qu'il avait traversé cette même épreuve et était passé de l'autre côté. Il poursuivit.

— J'ai perdu trois de mes hommes - Harrison déglutit en dépit des lames de rasoir qui obstruaient sa gorge. Il aurait préféré ne pas avoir à en reparler - c'était en plein hiver, en Afghanistan. Un froid glacial. Nous sommes tombés sur une femme en sang. Elle était hystérique, ne parlait pas un mot d'anglais. Tout ce que nous avons pu obtenir d'elle, c'est « enfant », un mot qu'elle répétait tout en pointant du doigt vers le côté. Une voiture avait dérapé, elle était sortie de la route et était en équilibre précaire sur le flanc de la montagne. La portière du conducteur était ouverte et on pouvait apercevoir un siège auto à l'arrière. Nous nous sommes donc mobilisés pour une opération de sauvetage.

Même aujourd'hui, après avoir repassé le scénario un millier de fois dans sa tête, Harrison ne voyait aucun signe, aucun indice qui lui aurait permis de prendre une décision différente.

— J'étais retourné au Hummer – continua-t-il - pour communiquer notre position par radio et informer le commandement que nous allions être un peu en retard, lorsque le premier coup de feu a retenti. Mes hommes étaient sur le côté, totalement encerclés. Des cibles sacrément faciles pour le sniper caché de l'autre côté du canyon. Ils sont morts tous les trois en quelques secondes, et je m'en suis sorti de justesse. Tu veux parler de culpabilité ? D'échec ? C'est moi qui ai pris la décision. C'est moi qui les ai positionnés sur ce flanc de montagne. C'est moi qui suis allé voir chacune de leurs familles pour leur dire que je n'avais pas flairé l'embuscade.

Plus que tout, ce sont ces visites qui avaient failli le tuer. Il comprenait donc parfaitement pourquoi la visite de Ty à Bethany Reeves l'avait fait déraper. Si d'autres n'avaient pas fait pour lui exactement ce qu'il était en train de faire en ce moment, il aurait pu connaître une issue différente. Il conclut.

— J'aimerais pouvoir te dire que ça devient plus facile avec le temps, mais ce n'est pas le cas. C'est une douleur avec laquelle il faut apprendre à vivre.

—Comment ?

Harrison pensa à ce qu'il avait fait. À la façon dont il avait continué à écrire différentes versions de ce qui s'était passé, en essayant d'exorciser, de faire en sorte que tout soit différent. Cela ne l'avait pas aidé. Pas vraiment. Parce que ce qui s'était passé faisait irrémédiablement partie de lui. À tel point qu'une parfaite inconnue l'avait vu, dans ses yeux, dans les traits de son visage, jusque dans les marques de son âme. Elle l'avait regardé et avait vu en lui un modèle pour son héros.

Il ne se sentait pas un héros, mais Ivy lui donnait envie d'essayer. Il était impossible de retourner sur cette route de montagne et de changer le cours de l'histoire. Il avait raconté ses histoires dans ses livres, mais il les avait racontées pour lui. Il songea aux mails et se demanda si ce n'était pas la solution. Au lieu de raconter l'histoire comme une thérapie pour lui, le faire comme un service qu'il leur rendait, à eux. Il se surprit à vouloir en écrire d'autres. Raconter des histoires pour des gars comme Ty. Des gars qui rentraient chez eux et avaient besoin de quelqu'un d'autre qui était passé dans le même bourbier, quelqu'un à qui ils pouvaient s'identifier. Quelqu'un qui pourrait s'entendre dire « Ce n'était pas ta faute. Tu n'aurais rien pu faire » et prendre conscience que c'était vrai.

Il devait leur montrer sa vérité. Ce qui signifiait qu'il devait l'admettre lui-même.

— Tu dois accepter le fait que des choses horribles arrivent sans aucune raison, et que tu n'es pas responsable de ceux qui sont morts alors que tu es vivant.

— Je n'ai pas la moindre idée de comment je pourrais m'y prendre.

— Je l'ignorais aussi. Ce n'est pas une sensation dont il est facile de se défaire. Mais les mauvais jours, les jours où j'ai l'impression que je n'y arriverai pas, je me souviens de ce que l'épouse de l'un de mes hommes m'a dit quand je suis allé la voir. Elle m'a dit que si nous ne nous étions pas arrêtés pour apporter notre aide, si nous n'avions pas immédiatement essayé de sauver l'enfant que nous pensions être en danger, son mari n'aurait pas été l'homme dont elle était tombée amoureuse. Nous n'avions aucun moyen de savoir qu'il s'agissait d'un coup monté, alors nous avons fait ce qu'il fallait sur la base des informations dont nous disposions. C'est tout.

— Ça aide ?

— Parfois. Au bout du compte, il faut trouver une nouvelle mission.

Et celle-ci était la sienne.

Plus Harrison y pensait, plus son cerveau était bombardé d'idées.

Peut-être qu'il y avait des gens qui avaient besoin que Coop fasse plus que juste aller de l'avant ? Tout comme Harrison, il avait survécu, pas vécu. Si Harrison n'avait appris qu'une seule chose du moment qu'il avait partagé avec Ivy, c'était bien cela. Alors, ses lecteurs avaient peut-être besoin de voir Coop s'éloigner, choisir la vie plutôt que la mort, plutôt que le devoir, pour pouvoir s'autoriser à faire de même.

Mais comment faire ? Comment les gens vivaient-ils loin du

front, là où la mort n'était pas une certitude aussi tangible ? Comment feraient-ils lorsque leur quotidien ne serait pas rythmé par les mouvements de troupes ou l'acquisition de renseignements cruciaux ? Ils mèneraient des vies beaucoup plus simples, dont la principale préoccupation serait de satisfaire leurs besoins essentiels. Et peut-être que, privés de cette maîtresse amère qu'était le devoir, ils auraient du temps pour une femme.

Que faudrait-il pour que Coop change d'avis ? Quel genre de femme pourrait lui faire comprendre que la vie dans le Quadrant ne se résumait pas à la guerre et l'encourager à s'y lancer ? Une beauté au regard vif et intelligent, aux cheveux bruns soyeux et aux yeux comme des forêts d'hiver, peut-être.

Bien sûr, il en revenait encore à Ivy. Ces derniers temps, presque toutes ses pensées le ramenaient vers elle.

Elle s'en donnerait à cœur joie pour faire le profil de Coop. Cette idée le fit sourire.

Peut-être le lui demanderait-il lorsqu'elle aurait terminé son propre roman et eu l'occasion de lire ses écrits à lui. C'était une pensée terrifiante. Elle était *douée*. Terriblement douée. Lui était... bien mieux que passable, mais il mentirait s'il n'admettait pas qu'elle l'intimidait quelque peu sur le plan professionnel. Ou peut-être que c'était moins la peur de savoir si elle aimerait ses écrits que celle de savoir ce que la lecture de ces derniers révélerait de lui.

Ils pourraient peut-être en discuter au cours d'un dîner. Après lui avoir expliqué le pourquoi de sa disparition.

— Quel genre de mission ? - les mots de Ty interrompirent le fil de ses pensées - je suis dans l'armée depuis mes dix-huit ans. Je ne connais rien d'autre.

Harrison reporta son attention sur la conversation. Il ne pourrait pas se libérer pour retourner à Eden's Ridge avant un moment, mais dès qu'il aurait une minute, il essaierait de lui faire passer un message.

— Pourquoi t'es-tu engagé dans l'armée au départ ?

— Quand j'étais petit, j'étais maigrichon. J'ai été victime de brimades pendant mon enfance. Je voulais devenir quelqu'un qui serait en mesure de protéger les autres.

Dans la tête de Harrison, Coop troqua son fusil à protons contre un six-coups futuriste et un badge.

— As-tu déjà envisagé une carrière dans les forces de l'ordre ?

14

Ivy passa le voyage de retour à l'auberge dans un état d'incrédulité totale, essayant de trouver une autre explication au fait que Harrison l'avait quittée sans dire un mot. Mais tout ce dont elle se souvenait, c'était de la distance qu'il avait instaurée entre eux la dernière nuit qu'ils avaient passée ensemble. Il avait refusé de rester, invoquant son besoin de travailler. Et puis il avait fixé un délai encore plus long avant qu'ils ne se revoient. Avait-il déjà prévu de partir à ce moment-là ?

Non. Elle n'avait pas pu se tromper à ce point. Ou bien si ? Il devait forcément y avoir une explication. Non ? D'une façon ou d'une autre, il devait y avoir une autre raison à son absence. Mais malgré les trésors d'imagination qu'elle déployait, elle n'arrivait pas à trouver une explication rationnelle au fait qu'il eût quitté la maison. Il était parti. De lui-même. Ce n'était pas comme s'il avait eu un accident qui l'empêchât d'appeler qui que ce soit. Il était parti, comme le légendaire voleur dans la nuit, et n'avait même pas eu la décence d'écrire un mot ou de laisser un message à l'auberge, ni même d'envoyer un putain de signal de fumée pour dire : « Coucou, c'était génial, mais c'est fini. Désolé ».

Apparemment, elle ne méritait pas cette attention.

— Quel fils de pute.

Son grognement de colère ressemblait plus à un gémissement. Lorsque la route commença à se brouiller, elle réalisa qu'elle pleurait. Et merde.

Toute cette histoire n'était-elle vraiment qu'un mensonge ? Un moyen de s'envoyer en l'air avant de poursuivre sa route, où qu'elle le mène ? S'était-il moqué de la facilité avec laquelle elle se laissait prendre à son jeu ? L'écrivaine solitaire qui avait tellement besoin de relations humaines qu'elle se jetait sur un parfait inconnu. Elle avait été honnête avec lui, elle lui avait montré sa vulnérabilité. Et c'est ainsi qu'il la remerciait ? Était-il au moins écrivain ? Elle n'avait trouvé aucun livre sous le nom de Harrison Wilkes lorsqu'elle avait cherché sur Internet. Y avait-il, ne serait-ce qu'une once de vérité dans ce qu'il lui avait raconté ?

Elle calcula mal un virage et sursauta lorsque les deux roues de droite passèrent par-dessus le trottoir. Ses yeux brûlaient tellement qu'elle avait du mal à voir.

Tant bien que mal, elle avait réussi à rentrer à l'auberge sans abîmer la voiture qu'elle avait empruntée.

Pru leva les yeux, surprise, lorsqu'elle franchit la porte.

— Qu'est-ce que...

Mais Ivy se contenta de lui laisser les clés et de monter à l'étage. À la vue du grand lit confortable, elle sut qu'elle n'allait pas pouvoir rester là. Ni dans cette chambre, ni dans cette ville où tout lui faisait penser à lui. Elle fit donc ses valises, les traîna au rez-de-chaussée et partit à la recherche de son hôtesse.

Pru était dans le bureau avec Ari. L'une comme l'autre mouraient visiblement d'envie de poser des questions, mais aucune ne dit mot.

Ivy déglutit et se força à prononcer une phrase, bien qu'elle eût la sensation d'avoir du verre pilé plein la gorge.

— Quelqu'un pourrait-il me conduire à Johnson City pour prendre une voiture de location ?

Elle aurait dû le faire plus tôt dans la semaine mais ne pensait pas avoir besoin d'un moyen de transport aussi rapidement. Elle aurait dû s'en douter. Sa vie ne lui avait-elle pas appris à toujours avoir un plan B ?

— Flynn peut t'accompagner. Mais Ivy, tu es sûre ?

Pru semblait vouloir ajouter quelque chose mais elle s'abstint.

— Je suis sûre.

Elle leur devait peut-être une explication, mais c'était au dessus de ses forces. Tout ce qu'elle voulait, c'était déguerpir au plus vite. Qu'elles regardent son visage maculé de larmes et en tirent les conclusions qu'elles voudraient. Ça leur donnerait une idée de la vérité, quelle qu'elle fût.

Flynn, grâce à Dieu, n'avait pas posé de questions. Et une fois la voiture de location récupérée, il lui serra doucement la main.

— Sois prudente.

Incapable de parler, elle se contenta d'acquiescer et de lui serrer la main à son tour.

Pendant les quatre heures et demie de route qui la séparaient de Nashville, elle oscilla entre pleurs et colère : contre lui pour lui avoir donné de faux espoirs, et contre elle-même pour ne pas avoir vu clair dans son jeu. Elle s'était toujours targuée de savoir bien juger les gens. Échouer de façon aussi spectaculaire était une insulte à sa fierté, tout comme ses actes à lui étaient une insulte à son cœur. Dans les deux cas, elle se sentait stupide.

Elle aspirait au confort de sa maison, où elle pourrait panser ses plaies en privé. Mais lorsqu'elle entra dans son garage vers 23h30 ce soir-là, elle ne ressentit aucun soulagement. La petite maison qu'elle avait fièrement achetée avec les droits d'auteur de son premier livre lui semblait vide. Incapable d'y faire face, elle tomba la tête la première dans son lit et s'endormit immédiatement, se souvenant de justesse d'enlever ses chaussures.

Cette nuit-là, elle rêva de Harrison, ou plutôt de son dos, car elle arrivait toujours quelque part pour le voir s'éloigner. Elle se réveilla vers huit heures, les yeux bouffis et les joues humides. Son corps lui faisait mal, comme si elle avait la grippe. L'idée d'affronter les valises à défaire, la lessive, les courses et tout ce qui accompagne le retour à la maison après un long séjour loin de chez soi était trop pour elle. Elle recouvrit sa tête avec la couette dans laquelle elle s'était blottie toute la nuit et s'efforça de se rendormir. Mais un bruit provenant de quelque part dans la maison lui fit ouvrir les yeux.

Il y a quelqu'un dans la maison.

Elle se dépêtra sans bruit des couvertures et prit son portable sur la table de nuit pour appeler le 911. Plus de batterie. Elle ne l'avait pas branché pour le recharger la nuit précédente. Balançant le téléphone, elle regarda autour d'elle pour trouver une arme quelconque. Son pied heurta une paire de bottes hautes et elle retint un juron, tandis que la douleur se propageait depuis son orteil. Se baissant, elle saisit l'une des bouteilles de vin vides qu'elle utilisait comme embauchoir et l'agrippa comme s'il s'agissait d'une massue. Son cœur battait à tout rompre lorsqu'elle ouvrit la porte et avança doucement dans le couloir, vers le salon, où quelqu'un se déplaçait. Le moment où Harrison avait sauté pour la protéger lorsqu'elle avait crié dans la cuisine de la cabane lui revint à l'esprit, et elle souhaita qu'il fût là, maintenant, pour faire de même car la bouteille qu'elle tenait dans ses mains lui paraissait une arme insignifiante et pitoyable.

Retenant sa respiration, elle jeta un coup d'œil par l'encadrement de la porte pour regarder dans le salon. Une femme tournait le dos au couloir et semblait faire quelque chose près des fenêtres. Ne voyant pas d'arme, Ivy entra dans la pièce et alluma une lumière.

La blonde poussa un cri et fit volte-face, laissant tomber l'objet qu'elle tenait dans sa main dans un bruit sourd et humide.

Ivy abaissa son arme de fortune.

— Deanna ? Qu'est-ce que tu fiches là ?

Pressant une main sur sa poitrine, Deanna, les yeux écarquillés, souffla.

— Tu m'as demandé d'arroser tes plantes pendant ton absence. Bon sang de bonsoir, Ivy, tu m'as fait mourir de peur. Quand es-tu rentrée ?

— Hier soir.

Deanna regarda à ses pieds l'arrosoir dont le contenu se répandait sur la moquette.

— Oh, merde.

— Je vais chercher des serviettes.

Ensemble, elles épongèrent les dégâts.

— Vu que tu as l'air d'être passée sous un camion, j'en déduis qu'avec le livre, ça se passe soit très bien, soit très mal.

Ivy haussa les épaules.

— J'ai rendu la première version.

— C'est génial !

— Merveilleux.

Elle savait qu'elle parlait comme si on venait de lui annoncer qu'elle devait se faire dévitaliser une dent. Sans anesthésie.

Les mains sur les hanches, Deanna fronça les sourcils.

— Tu n'es pas contente d'être revenue chez toi ?

En entendant « chez toi », Ivy fondit en larmes. Parce qu'elle ne se sentait pas chez elle. Elle s'y était sentie bien, avant de partir pour Eden's Ridge, parce qu'elle ne savait pas faire la différence. Toutes ces années passées à déménager, elle avait poursuivi une image idéalisée de ce que signifiait vraiment avoir un chez-soi. Elle pensait l'avoir construit ici, en consacrant du temps et de l'énergie à peindre les murs, à choisir des meubles et à accrocher des tableaux. Et elle adorait sa maison. Mais c'est tout ce que c'était : une maison. Parce que maintenant, elle savait ce qui lui avait manqué pendant toutes ces années. Et elle ne le retrouverait pas, parce que son foyer, ce n'était pas la cabane ou Eden's Ridge. C'était lui. Ou celui qu'elle pensait qu'il était.

Deanna la prit dans ses bras.

— Oh mon cœur, dis-moi qui est cet homme et nous nous occuperons de le faire disparaître.

Ivy s'essuya le visage.

— Comment sais-tu qu'il s'agit d'un homme ?

— Tu étais à mes côtés pendant mon divorce. Je sais à quoi ça ressemble de pleurer à cause d'un homme. Allez, viens. Je vais te faire un café.

Elles passèrent dans la cuisine et Ivy déballa toute l'histoire, autour de deux tasses de café.

— Je ne sais pas comment j'ai pu me tromper à ce point. Je pensais que nous étions sur la même longueur d'onde. Pourquoi aurait-il fait des plans spécifiques pour me revoir, pour passer un autre week-end avec moi, s'il avait l'intention de me quitter depuis le début ?

— Parce que les hommes sont des lâches dans l'âme - déclara Deanna - ils sont prêts à tout pour éviter la confrontation. Et si on les prend en flagrant délit de mensonge, ils se retournent contre nous et nous accusent de les avoir poussés à agir ainsi.

Ivy n'était pas tout à fait sûre d'être d'accord avec ce jugement. Mais éviter la confrontation ? Oui, il y avait peut-être quelque chose dans ce goût-là, ici. Entre eux, cela avait été intense. Peut-être trop intense pour lui, au bout du compte. Leur dernière nuit ensemble, elle avait perçu une nouvelle vulnérabilité en lui. Elle savait que ce n'était pas le fruit de son imagination. Alors peut-être qu'il ne l'avait pas utilisée, puis laissée en plan. Peut-être son comportement était-il dû au fait qu'il était incapable de gérer la situation et que, du coup, il avait dû fuir.

Et peut-être que tu te projettes sur lui parce que c'est ce que tu fais, toi.

De retour dans la chambre, son téléphone se mit à sonner. Ivy ne s'était pas rendu compte qu'elle espérait que ce fût Harrison qui l'appelait pour lui donner des explications, jusqu'à ce que, dépitée, elle voie le nom de Marianne s'afficher à l'écran.

—Allô ?

— Ivy, Dieu merci. Je m'apprêtais à envoyer l'Armée. J'ai reçu ton manuscrit.

Ivy attendit la suite en grimaçant.

—Ah oui ?

—Ce n'est pas ce dont nous avions parlé avec Wally.

Le plaisir qu'elle avait éprouvé à terminer le livre s'était évanoui. C'était fini. Sa carrière était terminée.

— Non, ça ne l'est pas. Je n'ai pas réussi, la mayonnaise ne prenait pas. J'ai essayé pendant les huit derniers mois. Ça n'a pas collé.

— Ça valait vraiment la peine d'attendre. C'est bien, Ivy. À peaufiner, mais peut-être la meilleure chose que tu aies jamais écrite. L'ajout de cette histoire romantique va élargir ton lectorat. D'où est-ce que ça vient ? Tu n'as jamais écrit de romance avant.

Et je ne le ferai plus.

— C'était juste une idée que je voulais expérimenter. Je ne sais pas encore où va la série, mais c'en est une. Si tu penses que Wally sera d'accord.

— Vas-y, ma belle. Il est déjà parti au quart de tour. Il veut commencer les révisions dès que possible.

Tu n'obtiendras pas ce que tu ne demandes pas.

— Marianne, j'ai besoin d'une pause. Je vais peaufiner le livre, mais j'ai besoin de temps. Je suis épuisée, au bord du burn-out, et il faut que mon emploi du temps soit allégé. Je ne peux pas tenir le rythme que nous avions.

— Je me disais bien que tu finirais par en arriver là. Et c'est d'accord. Je suis presque sûre de pouvoir négocier plus de temps. Mais Wally va vouloir quelque chose en retour.

Au ton de sa voix, on comprenait qu'elle avait déjà une idée derrière la tête.

Ivy se ressaisit.

—Qu'est-ce que tu as en tête ?

— PARTIE ? Comment ça, elle est partie ?

—Elle est rentrée chez elle hier soir.

La voix patiente de Porter ne fit rien pour calmer la panique qui s'empara de Harrison.

—Comment ? Elle n'a pas de voiture.

— Apparemment, le mari de Pru l'a emmenée à Johnson City pour qu'elle puisse en louer une.

— Putainnnnnnnn - Harrison appuya son poing sur sa tempe, dans l'espoir que cela l'aide à soulager le soudain mal de tête qui lui martelait les tempes, tels des coups de piolet et avait élu domicile derrière son œil gauche - et il n'y a pas de message ? Rien pour moi ?

La pause de Porter en disait long.

—Eh bien, non. Elle était plutôt irritée. Il m'a fallu un peu de temps pour expliquer à Pru ce qui s'était passé et obtenir ses coordonnées.

Harrison se redressa, sentant l'espoir renaître dans sa poitrine.

—Tu as obtenu ses coordonnées, Dieu merci.

— Eh bien, en quelque sorte.

— En quelque sorte ? Qu'est-ce que ça veut dire ?

— Eh bien, tout ce qu'ils avaient, c'était son adresse de facturation. Qui est une boîte postale.

— Une boîte postale. Et en quoi, exactement, est-ce utile ?

— Parce qu'elle vit à Nashville.

Nashville. Impossible, miraculeux. La femme de ses rêves vivait dans la même ville que lui. Peut-être que Dieu existait, après tout.

— D'accord. D'accord, Je dois pouvoir me débrouiller avec ça. Merci, mec.

Il fallait qu'il retrouve Ivy. Bien sûr qu'elle était irritée. Il lui avait posé un lapin. Il ne l'avait pas contactée. Du point de vue d'Ivy, il s'était juste barré. Elle imaginait sans doute qu'il était un salaud de la pire espèce. Mon Dieu, il croisait les doigts pour que toute cette histoire n'ait pas compromis le livre.

Ty entra dans la cuisine.

— Qu'est-ce qui se passe ?

— Où est ton ordinateur ?

— Quoi ?

Harrison se laissa glisser du tabouret de bar.

— J'ai besoin de ton ordinateur.

Ty plongea dans le réfrigérateur et en ressortit une bouteille d'eau.

— D'abord mon téléphone, maintenant mon ordinateur. Tu te crois où ? Chez Darty ?

— Mec, je t'aime bien, mais si tu ne me dis pas tout de suite où se trouve ton ordinateur pour que je puisse commencer à sortir du pétrin dans lequel je me suis fourré avec la femme que j'ai laissée en plan pour être ici, je vais être obligé de te botter le cul. Et ce n'est pas moi qui sens le Bourbon à plein nez.

Ty baissa lentement la bouteille.

— Il y une femme dans ta vie ?

— Il y avait une femme - corrigea Harrison - que j'étais

censé aller chercher hier après-midi pour un week-end romantique et que j'ai oublié d'appeler parce que j'étais bien trop préoccupé par toi pour savoir quel jour on était. Alors maintenant, je dois la retrouver pour tout lui expliquer afin qu'elle ne pense pas que je suis un salaud de première qui l'a laissée tomber parce qu'elle n'en valait pas la peine. Parce qu'elle vaut toutes les peines du monde, putain.

Ty était resté bouche bée quelque part au milieu de ce discours, et Harrison se dit qu'il en avait peut-être trop dit. Mais bon sang, il était épuisé et désespéré.

— Je vais chercher l'ordinateur portable.

Ty revint une minute plus tard et posa l'ordinateur sur la table de la cuisine.

— Alors...euh, pourquoi tu dois la chercher avec un ordinateur au lieu de simplement l'appeler ? demanda-t-il.

— Parce que je n'ai pas son numéro.

— Pourquoi ça ?

Pendant que l'ordinateur démarrait, Harrison lui raconta la version courte.

— Merde, tu as laissé tomber tout ça pour moi ? - Ty se laissa tomber lourdement sur une chaise - je suis désolé d'avoir tout fait foirer.

Harrison lui lança un regard noir.

— Alors, primo, tu n'as rien fait foirer. C'est moi le responsable, j'aurais dû régler mes affaires avant de quitter la ville. Et deuxio, ne crois pas un seul instant que je regrette d'être là. Tu comptes pour moi. Être là pour t'aider quand tu traverses l'enfer, c'est important. C'est compris ?

Après une brève hésitation, Ty acquiesça et déplaça sa chaise pour pouvoir voir l'écran.

— Alors, comment vas-tu t'y prendre pour la retrouver ?

— C'est une écrivaine, alors je me suis dit que j'allais la chercher sur les réseaux sociaux. Elle est forcément sur Twitter ou Facebook, ou peut-être que son adresse mail est indiquée sur son site Internet.

Harrison tapa *Blake Iverson* dans la barre de recherche de Google.

— Attends, Blake Iverson est une nana ?

— C'est un pseudonyme. Et oui.

— Bon sang... Je ne m'attendais pas à ça. J'adore ses livres.

Son site Internet fut le premier à s'afficher. Il cliqua dessus, notant au passage le design élégant qui mettait en valeur *Hollow Point Ridge*. Il y avait une page avec la liste de ses livres, et une autre avec un lien vers son forum de fans. Il cliqua dessus, se demandant si elle y était entrée depuis son retour chez elle. Le nombre de membres actuels s'élevait à 96 428.

— La vache, ça fait beaucoup de fans, murmura Ty.

— Sans blague.

Il y avait beaucoup d'activité sur le forum, mais aucune ne semblait provenir d'Ivy elle-même. Quelques clics plus tard, il arriva sur une page de contact qui renvoyait à tous ses profils sur les réseaux sociaux. Comme il ne la suivait nulle part, il ne pourrait pas lui envoyer de message direct à moins qu'elle n'accepte une demande d'amitié de sa part. Et compte tenu de ce qu'elle pensait probablement de lui en ce moment, pourquoi accepterait-elle ? La page de contact ne mentionnait pas d'adresse électronique spécifique, mais elle comportait un formulaire de contact. Il cliqua dans la case et fit une pause.

— Quel est le problème ? - demanda Ty - tu ne sais pas quoi dire ? À mon avis, « je suis désolé » serait un bon début.

— Non, ce n'est pas ça. Ou pas tout à fait. Elle est super connue. Et si ce n'était pas elle qui s'occupe directement de ses réseaux sociaux et tout le tintouin ? Elle a peut-être un ou une assistante pour ça, et je ne veux pas être bloqué parce que j'ai l'air du taré de service, ou un truc comme ça. En plus... je devrais vraiment lui expliquer en personne.

— Alors, qu'est-ce que tu vas faire ?

Un pop-up apparut sur l'écran.

Première apparition publique ! Rencontrez la mystérieuse Blake Iverson et faites dédicacer votre exemplaire de Hollow Point Ridge par l'auteure. En prime : des informations exclusives sur sa toute nouvelle série de romans. Parthenon Books, Nashville, Tennessee.

— Elle a une séance de dédicaces dans deux semaines - murmura Harrison - elle ne fait jamais d'apparitions publiques.

Comment son agente et son éditeur avaient-ils bien pu la convaincre d'accepter ?

— Super, alors tu sais où elle sera, et quand. Tu pourras donc te pointer et plaider ta cause devant quelques centaines d'inconnus.

Ce n'était pas l'idéal, mais c'était sa seule chance. Il allait se jeter à l'eau et risquer de se faire rejeter. Cela faisait partie de l'idée de « choisir la vie » dont ils avaient parlé. Mais il ne s'agissait pas vraiment de choisir la vie. Il s'agissait de la choisir, elle.

Il ne pouvait qu'espérer qu'elle déciderait de le choisir à son tour.

15

Pourquoi diable ai-je accepté ?

Les nerfs d'Ivy entamèrent une gigue endiablée dans son ventre à la vue de tous ces gens entassés à Parthenon Books. Une bannière à l'entrée proclamait « Première apparition de Blake Iverson, auteure de la série à succès Sloan Maddox ».

Son éditeur avait accepté de prolonger le calendrier de production, mais en échange, il avait voulu un évènement pour épater le public et susciter son intérêt. Le nouveau protagoniste étant une femme, Wally avait fortement insisté pour qu'Ivy mette fin à son refus d'apparaître en public et fasse savoir au monde qu'elle était une femme. Elle avait donc accepté cette séance de dédicaces et une tournée extrêmement réduite après la publication du livre.

Elle le regrettait déjà.

Au centre du magasin, des rangées de chaises pliantes étaient disposées devant un pupitre Toutes les places étaient occupées et la foule restée debout s'étendait sur trois niveaux. Chaque personne qu'elle voyait tenait un de ses livres à la main, la plupart du temps le dernier, *Hollow Point Ridge*. Ce spectacle lui donna le tournis.

— Votre attention, s'il vous plaît – au pupitre, Peter, le gérant de la librairie, s'éclaircit la voix. Lorsque la foule se calma, il sourit - je vous remercie. Aujourd'hui est un grand jour, non seulement pour Parthenon Books, mais pour le monde de l'édition en général. Nous accueillons l'auteure de la série Sloan Maddox, écrivaine dont la discrétion est de notoriété publique, pour sa toute première apparition en public.

En entendant « écrivaine », un murmure parcourut la foule. Les papillons mutants qui dansaient dans l'estomac d'Ivy prirent cinq tailles d'un coup. Il poursuivit.

— Elle a figuré six fois dans la liste des best-sellers du *New York Times* et remporté de nombreux prix. Et elle nous a choisis pour une présentation spéciale de sa toute nouvelle série, qui sortira à l'automne. Merci d'accueillir chaleureusement Blake Iverson, à Nashville.

Il lança les applaudissements tandis qu'Ivy s'avançait entre deux rayons de livres et prenait place derrière le pupitre.

L'agrippant de ses doigts manucurés, elle regarda en direction du public sans vraiment le voir.

Je ne m'évanouirai pas. Je ne m'évanouirai pas. Putain, Blake Iverson ne s'évanouit pas.

Ivy aspira une bouffée d'air et tenta un sourire.

— Bonjour. J'imagine que vous êtes un peu surpris. Ces dernières années, mon éditeur a pris soin de cacher le fait que je suis une femme. Mais avec le lancement de cette nouvelle série, qui met en scène une protagoniste féminine qui déchire, nous avons pensé que c'était le bon moment pour dévoiler le pot aux roses. Vous pouvez désormais vous considérer comme faisant partie du premier cercle.

Un léger rire parcourut l'assemblée.

— Je n'aime pas trop parler en public – poursuivit-elle - alors pourquoi ne pas passer directement à la lecture ?

Prenant une profonde inspiration, elle posa ses mains sur les pages imprimées du premier chapitre et commença à lire.

—*A mon bûcheron grincheux, merci pour les deux sauvetages.*

Elle ne savait pas pourquoi elle avait commencé par la dédicace. Elle ne savait pas non plus pourquoi elle avait dédié le roman à Harrison, si ce n'est que, quelle que soit la façon dont leur histoire s'était terminée, elle n'aurait pas achevé le livre sans lui.

— Voici *Enemy of Silence.*

Sa voix commença par vaciller, puis gagna en force à chaque mot, au fur et à mesure qu'elle se perdait dans l'histoire d'Annika. À la fin, un silence tel régnait dans la librairie qu'elle aurait pu entendre une mouche voler. Ivy n'osa pas lever la tête.

Oh, mon Dieu. Oh mon Dieu, ils ont détesté. Ils me détestent. Ils...

Le silence fut éclipsé par un tonnerre d'applaudissements.

L'étau autour de sa poitrine se desserra et elle put soudain respirer à nouveau. Le rouge lui monta aux joues tandis qu'elle attendait que le bruit retombe à nouveau. L'épreuve touchait à sa fin.

— Nous allons faire une petite séance de questions-réponses avant de passer à la table des dédicaces - son regard se posa sur un homme d'âge moyen qui portait des lunettes - oui, vous, au deuxième rang ?

— Qu'est-ce qui vous a poussée à choisir une femme comme protagoniste pour cette nouvelle série ?

— En fait, au début, ce n'était pas Annika le personnage principal. Mon éditeur insistait beaucoup pour que ce soit Michael, mais le livre ne fonctionnait pas. Du moins, pas lorsqu'il était le seul personnage. Puis quelqu'un m'a suggéré que ce serait beaucoup plus intéressant s'il était associé à un autre personnage qui l'obligerait à briser sa carapace. Je me suis rendu compte que c'était tout à fait vrai. C'est l'histoire d'Annika que je voulais vraiment raconter. Elle était passionnante et fascinante, et je voulais en savoir plus sur son passé et sur la façon dont ce passé allait influencer son présent. J'ai écrit le premier jet du livre en une semaine.

Son regard se porta sur une femme d'une trentaine d'années qui se tenait en bordure de l'assemblée.

—Oui ? - lui demanda-t-elle.

—Vous voulez dire que ce livre est plus romantique que les précédents ? Avez-vous l'intention de vous lancer dans la romance à suspense ?

Ivy réfléchit à la question. Elle avait adoré cet aspect de l'histoire, et Wally voulait le mettre en valeur avec la révision. Mais y revenir, après la déception d'Eden's Ridge, était plus douloureux que ce qu'elle était prête à supporter. C'était un thème qu'elle ne se voyait pas poursuivre régulièrement.

— En tant qu'auteure, j'ai appris à ne jamais dire jamais. Pour l'instant, je n'ai pas l'intention de passer à la romance à suspense, mais je pense explorer la relation entre Annika et Michael dans les prochains livres. Leur histoire est complexe et intéressante, et voir comment ils l'affronteront donnera vie à des romans passionnants.

Quelqu'un prit la parole à l'arrière de la salle.

—Qui est le bûcheron dans la dédicace ?

Ivy se figea. Ce n'était pas possible.

—Excusez-moi, pourriez-vous répéter la question ?

La foule bougea et il apparut. Harrison Wilkes, auréolé de toute sa gloire de Ranger viril, vêtu d'une veste de sport et d'une cravate.

—À qui faisiez-vous référence dans la dédicace ?

Sa respiration se bloqua tandis que son cœur bondissait dans sa gorge. Le soulagement et la joie qu'il soit venu, qu'il l'ait trouvée, la faisaient flageoler sur ses jambes. Puis la réalité s'imposa. Il était parti sans un mot. Alors qu'est-ce qu'il fichait là ?

Réalisant que son silence n'avait duré que trop longtemps, Ivy déglutit.

— C'est quelqu'un que je pensais connaître mieux que je ne le connaissais.

Le reste de la séance de questions-réponses se déroula dans un brouillard. Une fois que Peter eut mis fin aux questions, Ivy pensait qu'elle pourrait s'éclipser quelques minutes pour dire « Salut, comment vas-tu ? Et, au fait, tu veux m'expliquer pourquoi tu as fichu le camp ? », mais Peter la poussa vers la table des dédicaces, tel un border collie avec un mouton récalcitrant. Elle perdit Harrison de vue.

S'il te plaît, ne pars pas.

C'était stupide. Partir était apparemment ce qui lui réussissait le mieux. L'intensité de l'amertume qu'elle ressentait la surprit. Elle pensait avoir tiré un trait sur cette histoire, alors qu'en fait, elle l'avait juste enfouie sous le coussin du canapé. Ce qu'elle lui avait dit à la cabane, il y a quelques semaines, lui revint en mémoire.

« Certaines blessures peuvent être rangées et oubliées, et elles s'estomperont avec le temps. D'autres deviennent des animaux en cage qui font encore plus de dégâts, qui deviennent d'autant plus féroces qu'ils sont ignorés. »

De toute évidence, ses problèmes avec Harrison relevaient de cette dernière catégorie.

La file d'attente des fans, apparemment interminable, serpentait à travers le magasin. L'auteure en elle était ravie que tant de gens soient venus la soutenir, elle et sa nouvelle série. La femme, en revanche, ne souhaitait qu'une seule chose : les voir partir pour pouvoir satisfaire la curiosité qui la tenaillait depuis deux semaines. Comment s'y prendre ? Ivy n'en avait aucune idée. Dans un monde idéal, ou dans un roman d'amour, ils s'élanceraient l'un vers l'autre dans le magasin bondé et il la prendrait dans ses bras pour un baiser passionné à faire pâlir de honte ceux du mois dernier. Le tout accompagné, de préférence, d'un fabuleux orchestre de cordes en arrière-plan.

Elle n'était pas dans un monde idéal. Elle se trouvait dans

l'une des meilleures librairies indépendantes de la ville pour sa première apparition publique, avec, apparemment, la moitié de la ville qui voulait un peu, ou beaucoup, de son temps. Elle fit donc son travail, souriant et discutant avec les lecteurs, signant leurs livres, les remerciant d'être venus. Peter avait toujours une bouteille d'eau fraîche sous le coude et un bouquet de ses stylos préférés. Et les lecteurs continuaient de se succéder.

Lorsque des mains rugueuses familières poussèrent un exemplaire de *Hollow Point Ridge* devant elle, Ivy n'eut pas vraiment envie de lever les yeux.

— Bûcheron grincheux, hein ?

Le grondement de sa voix retentit au-dessus d'elle.

La poitrine d'Ivy se resserra dans un mélange amer de désir et de fureur. Il l'avait *quittée*. Pourquoi devrait-elle encore vouloir de lui ? Pourquoi le son de sa voix lui donnait-il envie de le voir faire le tour de la table pour la tirer de sa chaise et la prendre dans ses bras ?

Parce qu'elle savait, sans le moindre doute, que s'il le faisait, une fois ancrée à sa force et à sa chaleur par ses bras puissants, elle serait chez elle. Pendant toutes les années où elle avait déménagé d'un endroit à l'autre, elle ne s'était jamais sentie autant à la dérive, aussi insatisfaite, que depuis qu'elle était revenue à Nashville. Rien n'y faisait. Sauf lui. S'il réduisait la distance qui les séparait, s'il l'entourait de ses bras et l'attirait contre lui, elle pourrait respirer à nouveau.

Sauf que ce n'était pas vrai. Parce que l'idée qu'elle était chez elle avec lui, qu'ils avaient construit quelque chose ensemble, n'était qu'un pur produit de son imagination. Pas la réalité. Tout ce qu'elle avait senti entre eux, elle avait été la seule à l'éprouver. Forcément, puisqu'il était parti sans un mot. Et alors qu'elle avait passé les deux dernières semaines à essayer de tourner la page, de retrouver un semblant de normalité, il avait le culot de se pointer ici et de la replonger dans cette histoire.

Enfouissant tout cela au fond d'elle-même pour y revenir plus tard, Ivy leva son regard vers le sien.

Mon Dieu, ce qu'il avait l'air en forme. Ses cheveux bruns étaient striés par le soleil et il s'était rasé pour de bon cette fois. Plus besoin de se cacher ? En regardant ces yeux dont elle avait si souvent rêvé, Ivy ressentit encore une étincelle.

Mais qu'importaient les étincelles ? L'attirance n'avait jamais été un problème pour eux. Et il était quand même parti.

— Pas si grincheux que ça, au fond. Et pas si bûcheron non plus. Tu effaces bien les traces, Harrison.

La veste de sport ne faisait qu'accentuer sa carrure. Le col de sa chemise était déboutonné et la cravate qu'il portait plus tôt était au fond de sa poche.

— La flanelle et la barbe de montagnard ont moins leur place dans le monde réel.

— Quel est ton monde réel ?

Cette question l'avait hantée ces dernières semaines. Une question parmi tant d'autres qu'elle se reprochait de ne pas lui avoir posée.

— Ça fait partie des points dont je dois te parler.

Maintenant ? C'est *maintenant* qu'il se décidait à parler ? Ivy fit un geste vers la file d'attente derrière lui, qui serpentait à travers tout le magasin.

— Je suis un peu occupée, comme tu peux voir.

— Pas de problème. Je vais attendre.

Elle ouvrit le livre à la page de dédicace.

— Ouais, on me l'a déjà faite, celle-là – marmonna-t-elle en griffonnant une inscription. Puis avec un sourire forcé, elle tendit le livre – merci de l'avoir lu.

Ils restèrent scotchés au livre pendant de longues secondes avant que Peter, avec un toussotement, n'indique à Harrison qu'il devait presser le pas. Ivy le regarda se faufiler dans la foule et s'asseoir dans l'une des chaises molletonnées disséminées dans le magasin. On allait voir de quelle genre de patience il était fait.

La file d'attente semblait se multiplier à chaque fois qu'Ivy levait les yeux. Mais elle fit le job, sourire, converser, signer des livres jusqu'à en avoir des crampes à la main, tout en se promettant de ne plus jamais recommencer. Lorsque tout fut terminé, des heures plus tard, elle s'attendait à ce que Harrison soit parti depuis longtemps. Mais il était toujours juché sur sa chaise, en train de lire.

C'était idiot d'en tirer espoir. Il était probablement juste passé dire bonjour.

Il n'a pas poireauté deux heures de plus juste pour dire bonjour.

Alors peut-être était-il là pour mettre les choses au clair. Ou quelque chose comme ça. Le seul fait qu'il ait attendu ne voulait pas dire qu'il voulait davantage.

Elle remercia chaleureusement Peter de tout le travail qu'il avait accompli avec son équipe pour faire de la séance de dédicaces un succès retentissant. Et puis elle fut enfin libre.

Prenant son courage à deux mains, elle se dirigea vers l'homme qu'elle ne parvenait pas à oublier.

Tu me dois dix questions, mais tu ne m'en as posé qu'une. Pourquoi ?

S'il lui avait fallu une preuve supplémentaire du mal qu'il lui avait fait, c'était bien celle-là.

Attendre jusqu'à aujourd'hui avait été un enfer. Être éloigné d'elle avait été très dur, d'autant plus qu'elle le prenait pour un salaud. Devoir rester où il était, jour après jour, pendant qu'elle échafaudait toutes sortes d'hypothèse erronées pour expliquer son absence, hypothèses où il jouait toujours le rôle du méchant parce qu'il l'avait blessée, cela avait été intolérable. Et il savait très bien combien elle était douée pour construire des personnages de méchant. Arriver ici aujourd'hui, la revoir... Il lui avait fallu recourir à tout son self-control pour ne pas se ruer sur elle au beau milieu de la séance et se mettre à bafouiller « Je suis désolé ».

Ces deux dernières semaines, il avait envisagé, avant de les écarter, plus d'une dizaine de gestes grandioses pour lui faire comprendre clairement ce qu'il ressentait. Ça marchait toujours bien dans les films. Mais vu qu'elle détestait déjà parler en public et qu'elle avait l'air de paniquer devant tous les gens entassés dans la librairie, attirer tous les regards sur elle semblait une mauvaise idée. C'était une chose de savoir qu'Ivy était une célébrité. C'en était une autre de le voir de ses propres yeux. La foule qui s'était déplacée pour la séance de dédicaces lui donnait envie de s'échapper dans leur cabane dans les bois, et ce n'était même pas lui qui était sous les feux des projecteurs.

Il avait donc pris son mal en patience, essayant de lire le livre qu'elle lui avait dédicacé, sans parvenir à se concentrer.

A mon bûcheron grincheux, merci pour les deux sauvetages.

Il médita cette dédicace. Peu importait ce qu'elle pensait, peu importait à quel point elle était énervée et blessée, elle ne lui aurait sûrement pas dédié le livre si elle n'éprouvait pas quelque chose pour lui.

— Désolée d'avoir été si longue.

Au son de sa voix claire, le cœur de Harrison passa en mode accéléré. Il se leva, observant la posture raide de la jeune femme et le regard méfiant que lui lançaient ses jolis yeux vert argenté. Tout ce qu'il avait prévu de dire sortit instantanément de son esprit.

— Bon sang, ça fait du bien de te voir.

Ivy fronça les sourcils.

— Excuse-moi si je ne te crois pas vraiment, Harrison.

Le son de son nom sur ses lèvres, même sur ce ton irrité, fit vibrer quelque chose au plus profond de sa poitrine. Cela l'aida à se lancer.

— Je le mérite. Mais ce n'est pas ce que tu crois.

Elle croisa les bras, l'air peu impressionné.

— Ah bon, tu ne m'as pas juste totalement ghostée ?

— Non. En tout cas, pas volontairement. C'était une question de vie ou de mort.

— Une question de vie ou de mort. Bien sûr, ça nous arrive sans arrêt à nous les écrivains. Mais es-tu même vraiment écrivain ? Parce que je n'ai rien trouvé que tu aies écrit.

Seigneur ! Lui en avait-il dit aussi peu ?

— Rien de ce que je t'ai dit n'était un mensonge. J'utilise un nom de plume, comme toi. John Patrick Russell.

Une curiosité réticente apparut sur son visage.

— Pourquoi ?

Il prit une lente inspiration pour se donner du courage. Cela ne faisait pas partie de la liste de sujets qu'il avait prévu d'aborder aujourd'hui.

— John Laraway, Patrick Conroy, Russell Jennings. Ce sont les hommes que j'ai perdus. C'était... une façon de leur rendre un peu hommage.

L'expression d'Ivy s'adoucit.

— Je suis désolée.

Harrison secoua la tête.

— Non, arrête. C'est moi qui suis venu pour m'excuser auprès de toi. Pas d'être parti, parce que j'étais obligé de le faire, mais de ne pas avoir réussi à t'envoyer un message avant, pour te mettre au courant de ce qui se passait.

— C'est-à-dire ?

— Un de mes meilleurs amis a fait une tentative de suicide.

La couleur se retira de son visage, et le peu de combativité qui lui restait l'abandonna.

— Oh, mon Dieu. Est-ce qu'il...

— Il va bien. Il va bien, maintenant. Ou, du moins, il y travaille. Nous étions plusieurs à nous relayer pour garder un œil sur lui. C'est moi qui ai l'emploi du temps le plus souple, donc j'ai fait le plus gros du boulot. Et j'ai juste... perdu la notion du temps. Lorsque j'ai réalisé que j'avais raté notre rendez-vous, tu étais déjà rentrée chez toi.

Elle ferma les yeux et secoua la tête.

— Mon Dieu. Je suis tellement désolée.

— Ce n'était pas ta faute. Tu n'as pas à t'excuser.

— Mais si. Pour toutes les choses horribles que j'ai pensées. J'ai cru que tu m'avais ghostée. J'ai pensé que toute cette foutue semaine avait été un tissu de mensonges et que tout ce qu'il y avait entre nous était...

Elle s'interrompit, comme si elle en avait trop dit.

Mais c'était suffisant. C'était peut-être tout ce qu'il y avait à dire.

Il s'avança vers elle comme il en avait eu tellement envie, posant ses mains autour de ses épaules et l'attirant à lui pour qu'elle lève la tête et le regarde de ses yeux étincelants.

— Rien de cette semaine n'était un mensonge. C'est peut-être ce que j'ai fait de plus vrai et de plus honnête envers moi-même et envers quelqu'un d'autre depuis des années. Alors j'espère que tu croiras que c'est la pure vérité quand je te dis que je suis fou de toi, totalement et irrémédiablement. Pas parce que tu es une distraction, ou parce que tu tombais à pic, ou toute autre bêtise dont tu t'es peut-être convaincue ces dernières semaines. Mais parce que tu vois en moi. Tu vois directement dans mon cœur meurtri et malmené. Et peut-être que tu n'as pas tiré le meilleur lot du monde, mais il est à toi, je suis à toi, si tu veux de moi.

Son cœur battait la chamade tandis qu'il attendait une réponse. Il ne pouvait rien lire sur le visage de la jeune femme, si ce n'est une totale stupéfaction. Elle tremblait sous ses mains et il voulait l'attirer vers lui, la prendre dans ses bras jusqu'à ce qu'elle se blottisse contre lui. Mais il lui fallait quelque chose, un signe montrant qu'ils étaient sur la même longueur d'onde.

— Harrison - elle avait la voix étranglée et une larme

s'échappa pour couler le long d'une joue. Merde, il l'avait fait pleurer. Étaient-ce de bonnes larmes ? Ou des larmes de regret parce qu'elle avait compris qu'elle ne voulait rien de tout ça avec lui ? - il n'y a rien au monde que je veuille plus.

Il eut à peine le temps d'assimiler le soulagement et la joie qu'elle le tira par le revers de sa veste tandis qu'il la soulevait, l'obligeant à se mettre sur la pointe des pieds. Puis, sans vraiment savoir qui en avait pris l'initiative, leurs bouche s'unirent et... oh mon Dieu, ça lui avait manqué, elle lui avait manqué. Il se retrouva dans un maelstrom d'émotions qui tourbillonnaient autour de lui et resserra son étreinte, car Ivy était son roc. Elle s'ouvrit à lui et sa saveur inonda ses sens, déferlant sur chaque nerf à vif et lui apportant l'apaisement. Elle était aussi douce que dans ses souvenirs, et il avait envie de beaucoup plus que ce simple avant-goût au milieu d'une librairie bondée.

Semblant être arrivée à la même conclusion, Ivy interrompit le baiser et recula suffisamment pour pouvoir le regarder en face.

— Donne-moi ton téléphone.

Ce n'était pas ce à quoi il s'attendait.

— Comment ?

Elle retomba sur ses pieds.

— Ton téléphone. Donne-le-moi.

Tandis que son cerveau se reconnectait lentement, il sortit son portable de sa poche et le lui tendit. Les doigts d'Ivy s'attardèrent sur les siens pendant qu'elle s'en emparait, alors qu'il avait toujours une main autour de sa taille, la tenant fermement contre lui.

Ses doigts s'agitèrent furieusement.

— On ne va pas faire deux fois la même erreur. Voici tous mes numéros et mon adresse mail, et je viens de m'envoyer un texto pour avoir ton numéro - elle lui rendit son téléphone - je ne veux pas prendre le risque de te perdre à nouveau.

C'était l'Ivy qu'il connaissait, celle dont il était tombé amoureux, qui savait trouver l'humour pour surmonter les difficultés.

— Et ton adresse ?

— Aussi. Mais je ne fais pas confiance à la navigation par GPS. Je vais t'y emmener moi-même. Tout de suite, si tu n'es pas attendu quelque part.

Avec un sourire, Harrison prit le visage de la jeune femme dans ses mains.

— Il n'y a nulle part ailleurs où je préfèrerais être qu'à la maison avec toi. J'ai tellement de choses à te raconter.

Dans un soupir, Ivy pressa sa joue contre sa main, tandis que les dernières tensions l'abandonnaient.

— À la maison.

Son regard plongé dans ses yeux souriants, Harrison était quasiment sûr d'avoir trouvé son chez-lui.

ÉPILOGUE

Ivy posa la boîte au poids monstrueux, en soufflant.

— Rappelle-moi à nouveau pourquoi nous avons pensé que déménager la semaine suivant la fin d'une tournée de promotion d'un livre était une bonne idée.

Harrison posa deux caisses identiques étiquetées *Livres* dans le coin opposé de la pièce qui allait devenir le bureau d'Ivy.

— Je crois que ça avait à voir avec le projet d'aller au spa, une fois que nous aurions déchargé tout le fourgon. Et puis, il était aussi question de s'éloigner de la ville le plus vite possible parce qu'on n'en pouvait plus de tout ce monde.

— OK, c'est vrai, c'est bien ce que j'ai dit - elle savait qu'elle serait ultra-stressée après la tournée de lancement de *Enemy of Silence*, alors aller plus ou moins directement dans leur nouveau refuge de montagne avait semblé le choix le plus évident lorsqu'ils avaient fixé la date d'emménagement. Elle s'était imaginée déballer rapidement ses affaires, puis se prélasser dans le calme. Mais elle avait sous-estimé le chaos que supposait unir leurs foyers et déménager à quatre heures de Nashville - mais d'où viennent tous ces machins ? Je te jure, ils se sont multipliés comme des Tribbles dans le fourgon.

— Une question plus pertinente serait peut-être de savoir comment il se fait que nous ayons tous fini par devenir votre main-d'œuvre ? Tu aurais tout à fait pu engager des déménageurs, Miss Sept-fois-nommée-dans-la-liste-des-Best-sellers-du-*New York Times* - ronchonna Sebastian.

Ivy lui envoya un clin d'œil et un baiser.

— Mais alors, je n'aurais pas eu le plaisir de voir ton joli minois.

En neuf mois, depuis qu'elle et Harrison étaient officiellement ensemble, elle avait appris à bien connaître ses amis et aimait bien les taquiner à la moindre occasion.

— En plus, il y a de la bière et de la pizza - lui rappela Harrison – que faut-il de plus à un homme ?

— Je ne suis pas sûr qu'il y ait assez de bière dans tout ce patelin pour compenser tous ces cartons de livres - râla Porter – il y en a combien ?

— Quarante. Plus ou moins - admit Ivy. En fait, peut-être une cinquantaine, mais qui avait le temps de se mettre à compter ?

— Et qui donc a besoin de quarante caisses de livres ? demanda Ty en ajoutant deux autres boîtes à la pile.

— Deux écrivains qui habitent ensemble – elle haussa les épaules lorsqu'il lui lança un regard noir – Quoi ? Pas la peine de me regarder comme ça. C'est pour les recherches.

— Je te regarde comme ça parce que je suis à peu près sûr que la cinquantaine de cartons sont à toi.

Elle se tourna vers Harrison pour qu'il vienne à son secours mais il se contenta de croiser ses bras musclés et de sourire.

—Il n'a pas tort. Les miens sont presque tous numériques.

L'air piqué, elle croisa ses bras endoloris.

—Je suis écrivaine. Je n'ai pas un problème d'addiction aux livres.

— Tu dirais la même chose si tu étais propriétaire d'un magasin d'alcool et que la moitié du contenu du magasin se trouvait chez toi ? demande Sebastian.

—Les livres ne sont pas une substance contrôlée.

—Peut-être bien qu'ils devraient l'être.

Il évita facilement le coussin du canapé qu'elle lui lança.

—Troglodyte !

Le rire de Sebastian résonna jusqu'au bout du couloir.

Secouant la tête avec un petit sourire, Ivy s'installa sur le petit canapé, jetant un coup d'œil aux bibliothèques aménagées sur trois parois et les imaginant remplies de tomes colorés. Ce serait splendide. Peut-être pas tout à fait au niveau de la bibliothèque de *La Belle et la Bête* qu'elle convoitait depuis son enfance, mais ce serait la sienne. La leur. Une partie du foyer qu'ils avaient choisi de construire ensemble.

L'autre moitié de ce foyer la rejoignit sur le canapé et l'attira contre lui.

—On a presque fini.

Ivy observa les montagnes d'affaires amoncelées.

—Ta définition de « fini » et la mienne sont très différentes.

— Eh bien, le fourgon est presque vide, ce qui signifie que nous pouvons nourrir et désaltérer nos aides et les mettre dehors, pour mieux baptiser notre nouvelle maison.

Fredonnant à cette idée, elle se blottit contre lui.

—Nous devrions instaurer une prime au déballage.

—Comme une prime secrète ? Mlle Blake, j'aime beaucoup votre façon de penser. Il se pencha pour l'embrasser.

—Hé, les derniers cartons du fourgon ne vont pas se porter tout seuls.

Sebastian laissa tomber les caisses qu'il portait qui atterrirent dans un bruit sourd sur la pile à côté du canapé et leur lança un regard lourd de sous-entendus.

Harrison le repoussa joyeusement et prit la bouche d'Ivy pour y déposer un baiser sonore.

— Prenez une chambre !

— Nous en avons déjà plusieurs, merci.

Sebastian fit un doigt d'honneur par-dessus une épaule en sortant de la pièce.

Ivy le regarda partir.

— Il faut vraiment qu'on lui trouve une femme.

— Je suis presque sûre que Deanna se porterait volontaire pour ce poste. Elle le dévorait des yeux pendant qu'on chargeait le fourgon.

— Elle est en pleine phase « Regarder mais pas toucher », et n'est pas du tout partante pour une relation à longue distance.

— Tant pis pour elle. De toute façon, ils s'entretueraient probablement - Harrison se releva - nous ferions mieux de nous y remettre.

— J'arrive dans une minute.

Ivy sortit son téléphone de sa poche et ouvrit le navigateur, rafraîchissant la page qu'elle avait consultée toute la journée.

— Tu regardes encore la liste des meilleures ventes de *USA Today* ?

— Peut-être.

— Je ne sais pas pourquoi tu persistes. Mon livre n'en fera pas partie.

Dans les mois qui s'étaient écoulés depuis Stormageddon, il avait terminé la quadrilogie sur le service de Coop dans l'armée et commencé une nouvelle série sur sa vie loin de la guerre, en tant que casque bleu sur l'une des planètes frontières les plus éloignées. Ses livres n'avaient été publiés qu'à une semaine d'intervalle, et Ivy n'en revenait tout simplement pas de la façon dont il avait géré la situation : une fois le livre paru, il l'avait annoncé à sa liste de diffusion et c'était tout. Il était passé mentalement au livre suivant et l'avait accompagnée dans une tournée de deux semaines que son éditeur avait organisée pour son roman. Mais une fois que le public avait découvert que Harrison était le bûcheron grincheux de sa dédicace, et qu'il s'était retrouvé - à la grande joie du public - sur le plateau d'une des émissions matinales où Ivy était interviewée, elle avait eu une idée.

La page se chargea et elle commença à la faire défiler.

— On ne sait jamais.

Il était là. Numéro quatre-vingt-dix-sept. *The Remains of Yesterday*. Ivy poussa un cri et se mit à danser.

— Je te l'avais dit ! Tu vois ? Tu vois ? s'exclama-t-elle.

Elle lui mit le téléphone sous le nez.

Les sourcils froncés, il s'en saisit et le regarda fixement, son expression passant lentement au choc.

— Je ne... Comment ?

Elle se mordit la lèvre.

— Il se pourrait que j'aie partagé la vidéo de notre passage à *The Breakfast Club* avec mes fans et vanté les mérites du livre. Et organisé une campagne publicitaire sur Facebook pour le lancement.

À l'époque, elle s'était sentie délicieusement futée, espérant pouvoir le surprendre. Mais à présent, elle n'arrivait pas à interpréter sa réaction. Aurait-il l'impression que le succès n'était pas vraiment le sien ? Cela ne lui était pas venu à l'esprit jusqu'à ce moment précis, en voyant qu'il ne s'était pas mis à sauter de joie et à exulter, comme elle s'y attendait.

Baissant le téléphone, il la regarda dans les yeux.

— Pourquoi ?

Elle résista à l'envie d'entrecroiser ses mains.

— Parce que tu le mérites. Le livre est extraordinaire. Je me suis contentée de dire aux gens la vérité. Parce que je crois en toi.

Il glissa ses mains dans ses cheveux, lui relevant le visage pour qu'elle ne puisse pas détourner le regard.

— Je t'aime. J'aime que tu aies fait ça pour moi.

Elle attendit la suite, la tension dans son ventre augmentant.

— Mais ?

— Pas de mais. Pas de réserves. Je t'aime, c'est tout. Merci.

Il effleura ses lèvres une fois, deux fois. Un geste doux qui la fit fondre contre lui, soulagée.

— Je t'aime aussi. Et de rien.

La voix de Sebastian interrompit le moment.

— Si vous avez fini de vous bécoter, la seule chose qui reste dans le fourgon, c'est ce lit ridicule que vous avez acheté. Il va falloir qu'on s'y mettre à quatre pour le déplacer.

Harrison la libéra de son étreinte avec un sourire.

— Les devoir m'appelle.

Alors que l'amour de sa vie retournait à l'extérieur, Ivy ne put s'empêcher de penser que la vie était étrange. Étrange et absolument parfaite.

∼

Un message de Kait

Vous savez que vous allez avoir droit à une autre histoire de ces frères d'armes ? Le prochain à tomber est Sebastian. L'élue de son cœur est une femme à l'énergie prodigieuse qui va l'obliger à remettre en question tout ce qu'il croit vouloir. Vous aller adorer *Que serais-je sans toi. À suivre !*

À PROPOS DE KAIT

Originaire du Mississippi, Kait jure souvent comme un charretier, appelle tout le monde « mon trésor », « mon cœur » ou « mon chéri », et peut manier un « Dieu te bénisse » comme un sabre ou un plaid confortable, selon les exigences.

Vous trouverez plus d'informations sur cette auteure, récompensée par un RITA ® Award, et sur ses livres sur son site Internet https://kaitnolan.com.

Vous voulez plus d'histoires pleines d'humour et d'étincelles qui se déroulent dans des petites villes ? Inscrivez-vous à sa newsletter pour rester au courant des nouvelles parutions, des offres de livres et des contenus exclusifs ! https://kait nolan.com/french-newsletter/